中国散文 60 强

纸与笔的温情

张 炜 / 著

北京联合出版公司
Beijing United Publishing Co.,Ltd.

图书在版编目（CIP）数据

纸与笔的温情 / 张炜著. -- 北京 ： 北京联合出版公司, 2024. 8. --（中国散文60强）. -- ISBN 978-7-5596-7806-5

Ⅰ．I267

中国国家版本馆CIP数据核字第2024TH6047号

纸与笔的温情

作　　者：张　炜
出 品 人：赵红仕
出版监制：张晓冬
责任编辑：徐　鹏
特约编辑：和庚方　张　颖
封面设计：立丰天

北京联合出版公司出版
（北京市西城区德外大街83号楼9层　100088）
三河市同力彩印有限公司印刷　　新华书店经销
字数150千字　650毫米×920毫米　1/16　13.5印张
2024年8月第1版　2024年8月第1次印刷
ISBN 978-7-5596-7806-5
定价：65.00元

版权所有，侵权必究
未经书面许可，不得以任何方式转载、复制、翻印本书部分或全部内容。
本书若有质量问题，请与本公司图书销售中心联系调换。
电话：17710717619

"中国散文60强"丛书

编委会

丛书总策划

　　张　明　　著名出版人

编委主任

　　邱华栋　　全国政协常委
　　　　　　　中国作家协会副主席、书记处书记

编　委

　　叶　梅　　中国散文学会会长
　　陆春祥　　中国散文学会副会长
　　冯秋子　　中国作家协会原社联部副主任
　　吴佳骏　　《红岩》编辑部主任
　　张　英　　资深媒体人
　　文　欢　　作家、资深编辑

中华散文的文脉与发展

——"中国散文60强"总序

邱华栋

中国是诗的国度,亦是散文的国度。

穿越千年时空,从明清至唐宋,再由魏晋南北朝至两汉先秦一路回溯,汉语言文学中的散文实乃根深叶茂,硕果累累。无论是"唐宋八大家"之雄文美文,还是骈俪多姿的辞赋,以及名垂史册的《史记》《左传》,均为中国文学史上的璀璨明珠。"散文"与"诗"一道,成为中国文学的"嫡系"。尽管,后来从西方引进嫁接技术所催生的"小说",大有"喧宾夺主"之势,终究还得"认祖归宗",血脉和基因是无法改变的。

在中国散文流变历程中,曾出现过两次鼎盛期。一次是被文学史家所公认的"先秦散文"时期。其时,伴随着春秋时期的思想解放,诸子蜂起,百家争鸣,一大批散文家以饱满的气血、驳杂的学识和破茧的精神,创造出了散文的繁荣和辉煌局面,对后世产生了极大的影响。

到了"五四"时期,中国散文迎来了第二次鼎盛期。白话文如劲风激浪,吹刮和涤荡着神州大地。沉睡的雄狮醒来了,偃卧的小草开始歌唱。许多学贯中西的进步文人,肩扛文化变革的大纛,冲锋陷阵,掀起了一波又一波的新文学浪潮。《新青年》上刊载的散文,犹如一束束亮光,不但给人以希望,还给人以力量。"五四"以来的散文作品,无论是观念和主题,还是形式和风格,都跟以往的散文迥然不同。最具代表性的,当属鲁迅先生的散文(包括杂文),其刚健、凌厉的文质,疗救了中国散文长久以来颓靡不振、钙质疏流的顽疾。此外,周作人、郁达夫、朱自清、萧红、沈从文等一大批作家的散文创作亦各具特色,呈一时之盛,影响深远。

时代的前行催生了文学的发展,然而文学与时代有时并不同步甚至充满了"张力场"。"五四"的个性解放虽然催生了一批个性鲜明的散文精品,但这样的生态并未持续多久,中国散文的波峰出现了向低谷滑行的趋势。有论者指出,"散文在50年代既是对解放区散文文体意识的放大,又是对五四散文文体精神的进一步偏离。这种放大和偏离表现在个体性情的抒发让位于时代共性或者时代精神的谱写,政治标准优先于艺术标准,批判性为歌颂性所取代等诸方面。"(董健、丁帆、王彬彬《中国当代文学史新稿》)1960年代初,散文创作一度出现了活跃,"专业"从事散文创作的作家群凸显出来,刘白羽、杨朔、秦牧相继登场,迅速成为散文界的三位名家。但他们的作品后人评价褒贬不一,认为其中颂歌式的写法较为单向,这种模式化的写作,不但对散文的建设毫无益处,反而扼杀了散文的个性和神采。

"文革"十年,中国散文更是一片凋零和荒芜,乏善可陈。1970年代末,一些历经浩劫的作家开始复血,解除思想枷锁,重新拿起笔来写作,中国散文才又凤凰涅槃,焕发生机。加之各种文学刊物纷纷复刊和创刊,以及大量西方文化读物的译介出版,更为这些饥渴、桎梏太久的散文作者提供了登台亮相的舞台和瞭望世界的窗口。

1980年代初期,伴随改革开放的热潮,思想解放大旗招展,文化随之繁荣,诸多承续"五四"精神的作家以笔为旗,抒发胸中压抑既久之块垒,出现了一批抒情性质浓郁的散文,使得现代散文这块"百花园"芳菲争艳,蔚为大观。特别是1980年代中期,随着作家主体意识的不断强化,中国文学开始呈现出一个崭新局面,作家从"集体意识"中抽身而出,重新返回"个体",注重对生活的体察和内在情感的表达。这一时期,散文的艺术性得以强化,文本的精神内涵和表现空间得以拓展。

进入 1990 年代,社会发展日新月异,城镇化进程锐不可当,文化领域亦呈多元格局。各种文学思潮相互碰撞,人文精神的讨论更是打开了作家们的创作思路。"大散文"概念的提出,引发了散文界对散文的内涵和外延的重新讨论和界定。风靡一时的"文化散文"热,成为文坛上一道靓丽的风景。"新散文""原散文""后散文""在场散文"等散文流派"你方唱罢我登场",争奇斗艳,各领风骚。

及至二十世纪末,一批深具先锋意识和文体自觉的新锐作家,像一头公牛闯入瓷器店,使散文天地发生了激烈的碰撞和变化,形成一股新的散文潮流,提升了散文的审美品质和精神向度。

纵观 1978 年至 2023 年四十多年来,中华大地在"改开"的黄金时代中,社会生活奔涌激荡,各种思潮风起云涌,散文创作更是云蒸霞蔚、气象万千,涌现了众多成就斐然、风格各异的散文作家和具有思想深度、艺术上乘的散文作品。岁月的流水冲走了枯枝败叶和闲花野草,中流砥柱却巍然屹立。时间留住了新时代的散文经典,经典在时间的长河中绽放光芒。以沙里淘金的经典散文向"改开"的时代致敬,是我们不可推卸的责任和义务。

别看散文的门槛貌似很低,要真正写好,却实属不易。优质散文是有难度的写作,它不但需要作者的智识、胸襟、眼界、修养和气度格局;更需要写作者的态度、立场、慈悲、良知和批判勇气。遗憾的是,散文创作繁荣和光鲜的另一面,却是大量平庸甚至低劣之作的泛滥,不但败坏了读者的胃口,而且造成了物质和精神的极大浪费。散文作家层出不穷,散文作品汗牛充栋,可真正能让人记住的散文佳构却凤毛麟角。

散文要发展,文学要前行。发展和前行就要从平庸的樊篱中突围。在突围的过程中,散文作家不可太"聪明",不可太世故,要永存对文学的敬畏之心。一言以蔽之,散文的尊严来自散文作家的尊严。也可以说,要想散文繁荣,首先需要有一批人格健全,品德高尚,铁肩担道义的散文作家。什么样的人写什么样的文章。特别是写散文,最容易看出一个作家的内在品质和境界涵养。一个人格不健全的人，哪怕他作文的技法再高妙，也很难写出撼人心魄、抚慰灵魂的散文来。作家精神品质的高低，直接决定其作品的精神向度。

为了散文写作的突围和发展，为了建设独具特质的当代散文，也是为了更好地从经典散文中汲取营养，我认为有必要正视和重申一些常识性的思考。高头讲章的理论是灰色的，常识之树却蕤葳常青。

一、作家的个体精神决定散文的优劣。常言道，散文易学而难攻。难在什么地方，不是难在技巧，而是难在作家个体精神的淬炼上。倘若作家的个体精神不够丰富，不够深刻，不够清澈，纵使他手里握着一支生花妙笔，也写不出令人称赞的散文。那么，如何才能做到个体精神的丰富性呢，这就要求作家时时刻刻不背离生活，要知人情冷暖，体察人间百态，关心民瘼，有忧患意识，不要做生存的旁观者。一个冷漠甚至冷酷的人，是不适合从事散文创作的。

二、真诚是确保散文品质的基石。散文创作跟作家的生存经验息息相关，可以说，真正优质的散文，无不牵连着作家的血肉和心性。作家的喜怒哀乐，悲欢离合，都或隐或显地暗含在他的作品中。假如在一篇散文作品中，读者既看不到作者的体温，又看不到作者的态度，那这篇作品或许就是失败的。说明这个作者在他的作品中"说谎"或"造假"，缺乏真诚之心。作家一旦失去真诚，为文必定矫揉造作，作品也必定会失去生命力。因此，真诚是散文的"生命线"，也是"底线"。

三、个性是促进散文生长的养料。人无个性便无趣，文无个性便平质。当下，每年都会诞生数以万计的散文篇章，但能够让人记住，且读后还想读的作品并不多，何故？概在于这些数量庞大的散文，无论题材，还是语感都千篇一律，像是从"模具"中生产出来的，缺乏辨识度。散文要发展，必须要求作家具有"个性意识"。"个性意识"不是标新立异，更不是哗众取宠，而是一种"创新意识"和"审美意识"。但凡在散文创作方面被公认的那些大家，都是"文体家"，他们以自觉的写作实践，开创了散文写作的新路径。不合流俗方能独步致远，推动散文的建设和繁荣。

当然，以上几点并非创作散文的圭臬，谁也没有资格去为散文"立法"。

散文是自由的创造，散文精神即自由精神。我之所以提出来，仅仅是希望引起散文同行们的重视和参考，共同为中国当代散文的发展尽力增光。

我们策划、编选"中国散文60强"（1978—2023）的初衷，旨在对新时期以来的中国散文创作作出梳理、评价和选择，试图精选出风格各异的代表性散文作家，以每位一部单行本的形式，呈现出中国新时期优质散文的大体样貌。此项目的发起人为资深出版人张明先生。多年来，他一直追求做高品位的纯文学书籍，也曾连续多年与中国散文学会、中国小说学会合作，出版年度《中国散文排行榜》和年度《中国小说排行榜》。2023年他策划出版了《中国小说100强》，反响不俗。身处喧嚣、纷杂的环境，能以如此情怀和心力来为文学做如此浩大的工程，不能不令人钦佩！

感谢张明先生邀请我和叶梅、冯秋子、陆春祥、吴佳骏、张英、文欢组成编委会，共同遴选出60位作家。我们在召开筹备会的时候，即将作品的思想性、艺术性、代表性以及影响力作为编选的基本原则。在确定入选作家名单时，我们认真商讨，反复研究，生怕因为各自的眼力、审美和趣味之别，造成遗珠之憾。好在我们的工作得到了作家们的积极回应和鼎力支持，惠风和畅，大地丰饶。

60位入选的作家，既有令人尊敬的文学大家，如孙犁、张中行、汪曾祺、史铁生、邵燕祥、流沙河、刘烨园、宗璞、贾平凹、韩少功、张炜、梁晓声、阿来、冯骥才等。这批散文大家的作品，文风质朴、清朗、刚健，充满了"智性"和"诗性"。无论他们是写怀人之作，还是针砭时弊，歌咏风物，都有着鲜明的文化立场和审美取向。他们或出入历史，借古观今；或提炼人生，洞明世事，输送给读者的都是难能可贵的"精神营养"。

也有被散文界公认的名家，如李敬泽、王充闾、马丽华、周涛、冯秋子、叶梅、筱敏、张锐锋、周晓枫、于坚、鲍尔吉·原野等。这些作家的散文作品，特色鲜明，风格独特，诚挚内敛，从内容到形式，都作出了各自的探索和尝试，为当代散文注入了活力。从他们的作品中，我们不但能够领略汉语之美，更可以借此反观生活与存在，寻找人之为人的价值和尊严。

还有散文界的中坚力量和青年才俊，如彭程、谢宗玉、江子、雷平阳、任林举、塞壬、沈念、傅菲、吴佳骏、周华诚等。从他们的作品中，我们见到的，不只是中国散文的文脉传承，更是自由精神的张扬。他们文心雅正，笔力锋锐，不跟风，不盲从，始终保持着独立的思索和判断，在各自所开辟的散文园地中精耕细作，以崭新的姿态参与和推动当代散文的变革。

其实，细心的读者不难发现，入选本丛书的老、中、青三代作家都有个共性，即他们均在以自己的作品审视心灵，心系苍生，弘扬真善美，鞭挞假恶丑，充满了正义感和人道主义精神。这自然与时下众多书写风花雪月，一己悲欢，充塞小情趣、小可爱的散文区别开来。正是因为有他们的存在，中国当代散文才呈现出一幅绚丽多姿的长卷。

需要说明的是，有些重要的散文家，如张承志、余秋雨、王小波、苇岸、刘亮程、李娟等人，由于版权或其他不可抗原因，未能将他们的作品收录进来，我们深以为憾。

我们还要感谢北京立丰天文化传播有限公司的资金支持，感谢北京联合出版公司的精心编校，他们慷慨和无私的义举，对于繁荣中国当代散文创作、对于赓续中华优秀散文文脉、对于中国新时期的文化积累，均具重大价值和意义，可谓善莫大焉。这套丛书的出版意义将同《中国小说100强》一样，旨在给读者以经典的指引，这既是一项重要的原创文学工程，同时也是助力推动全民阅读和研究传播文化的公益工程。

郁郁乎文哉，中国散文有幸！

是为序。

2024 年 5 月 12 日星期日

（作者为全国政协常委，中国作协副主席、书记处书记）

目　录
Contents

绿色遥思

002 ｜ 绿色遥思

010 ｜ 怀　念

014 ｜ 纯良的面容

017 ｜ 存在的执拗

020 ｜ 人的用具

025 ｜ 梦一样的莱茵河

030 ｜ 去看阿尔卑斯山

037 ｜ 默默挺立

042 ｜ 徐福在日本

058 | 从沙龙到小屋

061 | 筑万松浦记

073 | 美丽的万松浦

纸与笔的温情

078 | 作家的温柔

080 | 有书的长旅

082 | 关于乡土

084 | 寂寞营建

086 | 纸与笔的温情

092 | 中年的阅读

096 | 谈简朴生活

冬天的阅读

106 | 有一个梦想

109 | 伟大而自由的民间文学

114 | 自由：选择的权利，优雅的姿态

118 | 秋夜四章

独 语

124 | 诗人,你为什么不愤怒

127 | 独　语

137 | 再思鲁迅

145 | 坚信强大的人道力量

155 | 把文字唤醒

171 | 城市与现代疾患

179 | 悲观与喜庆之间

184 | 对世界的感情

194 | "个性"和"想象力"

绿色遥思

绿色遥思

我觉得作家天生就是一些与大自然保持紧密联系的人，从小到大，一直如此。他们比起其他人来，自由而质朴，敏感得很。这一切我想都是从大自然中汲取和培植而来。所以他们能保住一腔柔情和自由的情怀。我读他们写海洋和高原、写城市和战争的作品，都明显地触摸到了那些东西。那是一种常常存在的力量，富有弹性，以柔克刚，无坚不摧。这种力量有时你还真分不清是纤细的还是粗犷的，可以用来做什么更好。我发现一个作家一旦割断了与大自然的这种联结，他也就算完了，想什么办法去补救都没有用。当然有的从事创作的人并且是很有名的人不讲究这个，我总觉得他本质上还不是一个诗人。

我反对很狭窄地去理解"大自然"这个概念。但当你的感觉与之接通的时刻，首先出现在心扉的总会是广阔的原野丛林、未加雕饰的群山、海洋及海岸上一望无际的灌木和野花。绿色永久地安慰着我们，我们也模模糊糊地知道：哪里树木葱茏，哪里就更有希望、就有幸福。连一些动物也汇集到那里，在其间藏身和繁衍。任何动物都不能脱离一种自然背景而独立存在，它们与大自然深深地交融铸和。也许是一种不自信、感到自己身单力薄或是什么别的，我那么珍惜关于这一切的经历和感觉，并且一生都愿意加强它寻找它。回想那夏季夜晚的篝火，与温驯的黄狗在一起迎接露水的情景，还有深夜的谛听、到高高的白杨树上打危险的瞌睡等；这一切才和艺术的发条连在一起，并且从那时开始拧紧拧紧，使我有动力做出关于日月星辰的运动即时间的表述。宇宙间多么渺小的一颗微粒，它在迫不得已地游浮，但总还是感受到了万物有寿，感受到了称做"时光"的东西。

我小时候曾很有幸地生活在人口稀疏的林子里。一片杂生果林，连着无边的荒野，荒野再连着无边的海。苹果长到指甲大就可以偷吃，直吃到发红、成熟；所有的苹果都收走了，我和我的朋友却将一堆果子埋在沙土下，这样一直可以吃到冬天。各种野果自然而然地属于我们，即便涩得拉不动舌头还是喜欢。我饲养过刺猬野兔和无数的鸟。我觉得最可爱的是拳头大小的野兔。不过它们是养不活的，即使你无微不至地照料也是枉然。所以我后来听到谁说他小时候把一只野兔养大了就觉得是吹牛。一只野兔不值多少钱，但要饲养难度极大，因而他吹嘘的可能是一件了不起的事情。青蛙身上光滑、有斑纹，很精神很美丽。我们捉来饲养；当它有些疲倦的时候，就把它放掉。刺猬是忠厚的、看不透的，我不知为什么很同情它。因为这些微小的经历，我的生活也受到了微小的影响。比如我至今不能吃青蛙做成的"田鸡"菜；一个老实的朋友窗外悬挂了两张刺猬皮，问他，他说吃了两个刺猬——我从此觉得他很不好。人不可貌取。当说到这里的时候，我明白一个人的品性可能是很脆弱的，而形成的原因极其复杂。不过这种脆弱往往和极度的要求平等、要求给予普通生命起码的尊严、特别是要求群起反对强暴以保护弱者的心理素质紧紧相连。缺少的是那种强悍，但更缺少的是被邪恶所利用的可能性。有着那样的心理状态，为人的一生将触犯很多很多东西，这点不存侥幸。

当我沉浸在这些往事里，当我试图以此来维持一份精神生活的同时，我常常感到与窗外大街上新兴的生活反差太大。如今各种欲望都涨满起来，本来就少得可怜的一点斯文被野性一扫而光。普通人被诱惑，但他们无能为力，像过去一样善良无欺，只是增添了三分焦虑。我看到他们就不想停留，不想待在人群里。我急匆匆地奔向河边，奔向草地和树林。凉凉的风里有草药的香味，一只只鸟儿在树梢上鸣叫。蜻蜓咬在一枝芦秆上，它的红色肚腹像指针一样指向我。宁静而遥远的天空就像童年一样颜色，可是它把童年隔开了。三五个灰蓝的鸽子落下来，小心地伸开粉丹丹的小脚掌。我可以看到它们光光的一丝不染的额头，看到那一对不安的红豇豆般的圆眼。我想象它们在我的手掌下，让我轻轻抚摸时所感受到的一阵阵滑润。然而它们始终远远地伫立。那种惊恐和提防一般来说是没有错的。周围一片绿色，散布在空中的花粉的气味钻进鼻孔。我一人独处，倾听着天籁，默默接受着崭新的启示。我没有力量，没有一点力量。然而唯有这里可以让我悄悄地恢复起什么。

我曾经一个人在山区里奔波过。当时我刚满十七岁。那是一段艰难的日子，当然它也教给我很多很多。极度的沮丧和失望，双脚皲裂了还要攀登，难言的痛楚和哀怨，早早来临的仇视。当我今天回忆那些的时候，总要想起几个绚丽迷人的画面，它使我久久回味，再三地咀嚼。记得我急急地顶着烈日翻山，一件背心握在手里，不知不觉钻到了山隙深处。强劲的阳光把石头照得雪亮，所有的山草都像到了最后时刻。山间无声无息，万物都在默默忍受。我一个人踢响了石子，一个人听着孤单的回声。不知脚下的路是否对，口渴难耐。我一直是瞅准最高的那座山往前走，听人说翻过它也就到了。我那时有一阵深切的忧虑和惆怅泛上来，恨不能立刻遇到一个活的伙伴，即便一只猫也好。我的心怦怦跳着。后来我从一个陡陡的砾石坡上滑下来，脚板灼热地落定在一个小山谷里。映入眼帘的是一片清澈透底的亮水，是弯到山根后面去的光滑水流。我来不及仔细端量就扑入水中，先饱饱地喝了一顿，然后在浅水处仰下来。这时我才发现，这条水流的基底由砂岩构成，表层是布满气孔的熔岩。这么多气孔，它说明了当时岩浆喷涌而出的那会儿含有大量的气体，水在上面滑过，永无尽头地刷洗，有一尾黄色的半透明的小鱼卧在熔岩上，睁着不眠的小眼。细细的石英砂浮到身上，像些富有灵性的小东西似的，给我以安慰。就是这个酷热的中午，我躺在水里，想了很多事情。我想过了一个个的亲属，他们的不同的处境、与我的关系，以及我所负有的巨大的责任。就是在这一刻我才恍然大悟："我年轻极了，简直就像熔岩上的小鱼一样稚嫩，我还有很多时间可以成长，可以往前赶路。"不久，我登上了那座山。

有一次我夜宿在山间一座孤房子里。那是没有月亮的夜晚，屋内像墨一样黑。半夜里被山风和滚石惊醒，接着再也睡不着。我想这山里该有多少奇怪的东西，它们必定都乐于在夜间活动，它们包围了我。我以前听过了无数鬼怪故事，这时万分后悔耳鼓里装过那些声音。比如人们讲的黑屋子里跳动的小矮人，他从一角走出，跳到人的肚子上，牙牙学语等。我一动不动地盯着屋角，两眼发酸，我想人们为什么要在这么荒凉的地方盖一座独屋呢？这是非常奇怪的。天亮了，山里一个人告诉我：独屋上有很多扒坟扒出的砖石木料，它是那些热闹年头盖成的。我大白天就惊慌起来，不敢走进独屋。接下去的一夜我是在野地里挨过的，背靠着一棵杨树。我一点也没有害怕，因为我周围是没有遮拦的坡地和山影，是土壤和一棵棵的树。那一夜我的心飞到了海滩平原上，飞到了我童年生活过的丛林中去。我思念着儿时的伙伴，发现他们和当时当地的灌木浆果混在一起，无法分割。一切都是一样的甘甜可口，是已经失去的昨天的滋味。当时我流下了泪水。我真想飞回到林子里，去享受一下那里熟悉的夜露。这一夜天有些凉，我的衣服差不多半湿了。这说明野地里水气充盈，一切都是蛮好的，像海边上的一样。待太阳升起的时候，我又可以看到一座连着一座的大山了，苍苍茫茫，云雾缠绕。我因此而自豪。因为我们的那一帮谁也没有见过真正的山。我已经在山里生活了这么多天了，并且能在山野中独处一个夜晚。这作为一个经历，并不比其他经历逊色，因为我至今还记得起来。就是那个夜晚我明白了，宽阔的大地让人安怡，而人们手工搭成的东西才装满了恐惧。

　　人不能背叛友谊。我相信自己从小跟那片绿野及绿野上聪慧的生灵有了血肉般的联结，我一生都不背叛它们。它们与我为伴，永远也不会欺辱我、歧视我，与我为善。我的同类的强暴和蛮横加在了它们身上，倒使我浑身战栗。在果园居住时我们养了一条深灰色的雌狗，叫小青。我真不愿提起它的名字，大概这是第一次。它和小孩子一样有童年，有顽皮的岁月，有天真无邪的双目。后来当然它长大一些了，灰黄的毛发开始微微变蓝。它有些胖，圆乎乎的鼻子有一股不易察觉的香味散发出来。我们都确凿无疑地知道它是一个姑娘，并且随着年龄的增长有了人一样的羞涩和自尊，有了矜持。我从外祖母那里得知了给狗计算年龄的方法，即人的一个月相当于它的一年，那么小青二十岁了。我们干什么都在一块儿，差不多有相同的愉快和不愉快。它像我们一样喜欢吃水果，遇到发酸的青果也闭上一个眼睛，流出口水。它没有衣服，没有鞋子，这在我看来是极不公平的。大约是一个普通的秋天，一个丝毫没有恶兆的挺好的秋天，突然从远处传来了新的不容更变的命令：打狗。所有的狗都要打，备战备荒。战争好像即将来临，一场坚守或者撤离就在眼前，杀掉多余的东西。我当时的感觉就是这样。我完全蒙了，什么也听不清。全家人都为小青胆战心惊，有的提出送到亲戚家，有的出主意藏到丛林深处。当然这些方法都行不通。后来由母亲出面去找人商量，提出小青可否作为例外留下来，因为它在林子里。对方回答不行，没有一点变通的余地。接下去是残忍的等待。我记得清楚，是一天下午，负责打狗的人带了一个旧筐子来了，筐子里装了一根短棍和绳索，一把片子刀。我捂着耳朵跑到了林子深处。

那天深夜我才回到家里。到处没有一点声音。没有一个人睡，也没有一个人发出响动。天亮了，我想看到一点什么痕迹，什么也没有。院子里铺了一层洁净的沙子。

二十余年过去了。从那一次我明白了好多，仿佛一瞬间领悟了人世间全部的不平和残暴。从此生活中发生什么我都不会惊讶。他们硬是用暴力终止了一个挺好的生命，不允许它再呼吸。我有理由永远不停地诅咒他们，有理由做出这样的预言：残暴的人管理不好我们的生活，我一生也不会信任那些凶恶冷酷的人。如果我不这样，我就是一个背叛者。

说到这里我想起了人的苦难经历与一个人的信念的关系。不知怎么，我现在越来越警惕那些言必称苦难的人，特别是具体到自己的苦难的人。一个饱受贫困的折磨和精神摧残的人，不见得就是让人放心的人。因为我发现，一个人有过痛苦的不幸经历是极为重要的，但更为重要的是懂得珍惜这一切。你可能也亲眼目睹了这样的情景：有人也许并不缺少艰难的昨天，可是他们在生活中总是自觉不自觉地与一个地方一个时期最黑暗的势力站在一起。他们心灵的指针任何时候也不曾指向弱者，谎言和不负责任的大话一学就会。我将不断地向自己叮嘱这一点，罗列这些现象，以守住心中最神圣的那么一点东西。如果我不能，我也是一个背叛者。

我明白恶的引诱是太多太多了。比如人的一生中会碰到很多宴会，

纸与笔的温情 | 007

并且大多会愉快地参加。宴会很丰盛，差不多总是吃掉一半剩下一半，差不多总是以荤为主。这就有了两个问题：一是当他坐在桌边，会想到自己的亲属，还有很多认识的不认识的人，同一时刻正在嚼着简陋的难以下咽的食品吗？那么这张桌子摆这么多东西是合理的吗？或许他会转念又一想：我如果离开这张桌子，那么大多数人是不会离开的，这里那里，今天明天，无数的宴会总要不断地进行下去。而我吃掉自己的一份，起码并没有连同心中的责任一同吞咽下去，它甚至可以化为气力，去为那些贫穷的人争得什么。如果真是这样，那也可怕得很。无数这样的个人心理恰恰造成了客观上极其宽泛的残酷。它的现实是，一方面是对温饱的渴求，另一方面是酒肉的河流。第二个问题是吃荤。谁在美餐的时刻想到动物在流血、一个个生命被屠宰呢？它们活着的时候不是挺可爱的吗？它们在梳理羽毛，它们在眨动眼睛。你可能喜欢它们。然而这一切都被牙齿粉碎了。看来心中的一点怜悯还不足以抵挡口腹之欲。我与大数人同样的伪善和虚妄。似乎无力超越。我不止一次对人说过我的预测、我的一个至关重要的判断：如果我们的文明发展得还不算太慢的话，如果还来得及，那么人类总有一天会告别餐食动物的历史；也只有到了这一天，人类才会从根本上摆脱似乎是从来不可避免的悲剧。这差不多成了一个标志、一个界限。因为人类不可能用沾满鲜血的双手去摘取宇宙间完美的果子。我对此坚信不疑。

要说的太多了。让我们还是回到生机盎然的原野上吧，回到绿色中间。那儿或者沉默，或者喧哗。但总会有一种久远的强大的旋律，这是在其他地方所听不到的。

自然界的大小生命一起参与弹拨一把琴，妙不可言。我相信最终还有一种矫正人心的更为深远的力量潜藏其间，那即是向善的力量。让我们感觉它、搜寻它、依靠它，一辈子也不犹疑。

想来想去，我觉得没有更多的东西可以信赖，今天如此，明天大概还是如此。一切都在变化，都在显露真形，都会余下一缕淡弱的尾音，唯有大自然给我永恒的启示。

1988 年 7 月 29 日于龙口

怀　念

一

那一天深夜,我从很远的山地回来。像过去一样,我每一次返回都要首先到你的住处去。我悄悄地走近你,怕惊醒了你的安睡。

我蹲在你的身边,抚摸你。我试图在你的躯体上找到永不消失的温暖。可是这一次我落空了,我伸出的手什么也没有碰到。你的小窝空空荡荡。我的手像触到了冰块或赤铁,猛一下缩回。

我把背囊放下。

我立刻去找他们,询问你哪里去了?他们互相对视,就是不能回答。我感觉到了什么,急得跺脚。他们不得不告诉,你是久前死去的,是被枪杀的。

射击你的人藏在暗处,而你在明处。那一刻你正抬头遥望南山,望那一溜淡绿色。我想那个时刻你可能正盼我归来。你正在怀念中,他们就开枪了。

这是世界上又一次丑恶的暗杀。

就这样,仇恨的种子在心田里播下,它一次又一次萌发,让人不可忍受。

回忆中,我们没有讲过多少话,因为我们存在着语言障碍。你操着一种我几乎完全不懂的"外语"。在这个星球上,没有一个人使用你的语言,可是你的语言实在不失为一种美好的语言。它配合你的口型、动作,特别是你的双眼,就有了丰富的感染力。那是一种长于表达的语言。

我从十几岁起就与你形影不离,你理解我的一切痛苦、一切欢乐。有一段时间我失学了,一个人在海滩上游走,像个鬼魂。一天,我正在沙岭上站着,望着灰蓝色的海。起风了,浪花簇簇,没有船,也没有打鱼的人。那一刻我难受极了,恨不得立刻融化在那片渺茫之中。就在这时,我听到了细碎的脚步声、轻轻的哈气声。猛一回头,原来是你站在我的身侧。你正仰脸看我,满脸慈祥。这是一双女性般的美目。

我记得朝你点点头,你走过来,脸颊贴在我的腿上;后来温热的嘴巴又撑在我的手背上。你轻轻地吻我的手。我蹲下。我们靠在一起。你一会儿就把头颅挪开了,在离我很近的地方,一动不动地看我。你在默读面前这个人,他的不幸的童年。

就这样,你读懂了我、我的满腹心事。接着,你的身躯轻轻抖动,然后又是用力地抖动。你挨紧了我。再一次用温热的、让人不能忘却的温唇,触动我的脸颊、手背、全身。

你仿佛在提议我们继续往前走,于是我们就沿着沙岭一直向前。

这一天我们直走到黄昏,一块儿结识了那么多花草和树木,还有飞在空中的小鸟,一只鹰,草地上的几只野兔。你和它们打着招呼,非常友好。我们就这样站一会儿走一会儿,结束了这一次旅行。

回到住处之后,我的心情好多了。我没有了那种绝望的情绪。

接下去的岁月,无论是高兴的时候、沮丧的时候,我的身边都有你。我们互相倾吐心事，用不同的语言猜测、分析，一切能够交流的方式都借助了。我相信我们已经心心相印。在这个总是让人觉得陌生的世界上，我们俩真是一对患难与共的朋友。我没有发现比你更美的生灵。

就出于对这种美的嫉妒，有人开始诽谤你。他们暗藏杀机，总想办法除掉你。当我明白了这种残忍和凶狠之后，震惊得一句话也说不出。我差不多是倾尽了全力保护你，直到不得不流浪远方。

一次又一次，我带着对你的想念，返回来再走开去。最后的一次，我离开的时间并不长，一共只有两个多星期。

可是再一次归来就没有了你的影子。

听说你是在离我们的住处不远——南边的那片红薯田里遇难的。我到红薯田里去，试图找到一点儿痕迹，比如说你的脚印和几滴凝固的……

没有，什么也没有。好像刚刚有一场风把这些吹光了。红薯被收过了，光秃秃的泥土黝黑黝黑。这片红薯田的南边是一条东西走向的水渠，水渠上长着紫穗槐棵和死了一半的茅草。渠水干涸了，剩下的就是潮湿的淤泥。有一处淤泥踩上了深深的脚印，还有躺卧的痕迹。我的心一紧。我明白了，那个十恶不赦的暗杀者就在这里向你开枪。

有人总要暗杀，总要寻找最弱者下手。有人总要留下血债，他们欠下的、即将归还的，也只是弱者的。

二

你不喜欢高层建筑。每一次下楼，你都要费力地爬下五楼，小小的身躯显得可爱又可怜。

最后我们商量，把你送到了乡下。

在那里，有一个人会很好地照顾你，她会用加倍的慈爱去对待你。你会爱上她的。就这样，我们依依不舍地分别了。

半年之后，我们刚刚听说你胖了，一切都变得越来越好了。你的身体正在飞快地长大。几乎与此同时，另一个噩耗也传来了：你死于非命。

我们垂下了头。终于没有一个例外：又是一个不得善终的挚友。

我们急匆匆地返回乡下。在那里，最疼爱你的那个人哭成了泪人。她向我们诉说整个经过：那一天你正在外面游玩，可能不小心吃了一点什么，嘴巴流出了白色泡沫。你急得双手在嘴巴那儿抓挠，不久就倒下了。好几个人抱着你往医院跑去，跑啊，跑啊，一路呼喊。

就在医院的大门口，你永远闭上了眼睛。

显然，你沾了有毒的东西。后来医生说可能是食物上沾了耗子药。

是的，确定无疑。因为在你之前，有那么多可爱的动物都毁在了耗子药上。这个平原的人哪，他们贫穷无告，几乎一无所长，却个个都是下耗子药的能手。结果呢，耗子仍旧满地乱蹿，啃咬稼穑，啃咬这个世界上一切珍贵的东西，越来越畅行无阻。

可那些愚蠢的人，还在满世界布撒他们的耗子药。

你没有了，我这儿只存下你的几张照片。一遍又一遍抚摸。你的眼睛仿佛永远在注视我。一个人不爱你，还会爱什么？一个人不想你，还会想什么？想你比想那些撒耗子药的人不知要好多少倍。

你太单纯了，你永远都是个孩子。

1998 年 4 月 10 日

纯良的面容

——回忆罗伯特·鲍曼

前不久,一个平平常常的黄昏,电话响起来:传出的讯息让我怔在了那里。接下去有几句没能听清,不得不请对方复述一遍。这个电话来自大洋彼岸,是美国出版索引协会创会主席罗伯特·鲍曼的助手打来的,传达的是一个噩耗:罗伯特·鲍曼于前一天去世。电话同时转告了老人生前的一个遗愿:鲍曼先生要把工作中积累的图书以及研究资料,捐赠给中国的万松浦书院。

这个消息除了让我惊讶,一时有点回不过神来。我的思绪马上给牵到了哈德逊河畔的那个拥挤的城市,一幢独体楼房的二层:七八十平方米的空间里堆满了大小书柜和资料,一丛丛叠放的书刊簇拥起一位白发银须的老人;老人身材高大,稍胖,正在伏案专注地工作,对进来的客人毫无察觉……

就是这个老人,而今已经从那个茂密的书籍丛林里离开了,永远不再回转。可是他在这样的丛林里生活了一辈子,一直攀援前行,不知疲倦。这就是他的世界。可以想见,在告别这个世界之前,他将目光投向了遥远的东方,那个寄予了厚望和诸多想象的万松浦书院。这真是一份沉甸甸的馈赠,它太重了,以至让人一时不知该如何接受:它是一位杰出学人的满腔热情和希望,是郑重的托付。

远在十四年前,我应邀访问美国时结识了罗伯特·鲍曼先生。当时我的长篇小说《古船》的一些章节正由耶鲁大学的一位教授译出,不久又有加拿大的汉学家和中国学者合译了《九月寓言》,它们的打印稿正巧在鲍曼先生手中。当年鲍曼先生已是年届七十的老人,他仔细读过了全部译文并留下了许多评点,当得知作者正在美国时,马上通过助手发出了热情的邀请。这就有了一次愉快的畅谈。我惊讶于他对中国现当代文学的熟悉与见地,更有学术情感的真挚和淳朴。在他的一长排书柜中,有几大箱子全是关于中国文学的研究资料。令我难忘的是,有几本中国现当代作家的书竟保存在了一个密码保险柜里:就因为老人家发现了它们的不同版本中,有几处经过了删节。他在灯下伸手指点那几行文字时,满脸的肃穆让我日后久久难忘。在我看来不同时期的出版物,因各种原因修改和删除是最常见的现象了,想不到会引起大洋这边的一位老人如此的关切和探究。

我那一次在美国待了两个月的时间。这期间与鲍曼先生又有过几次交谈,都给我留下了深刻的印象。他对我书中写到的河海以及周边生活极为向往,一再说着中国、中国。他长期以来养成了夜间工作的习惯,通宵不睡,通常只将中午当成了黎明。可是为了陪同我去大学,特别是远去长岛的惠特曼故居,他竟不惜改变作息时间,破例早起。在这些接触中我渐渐了解到一位杰出学人的品格:严谨质朴,追求正义。与另一些专家不同的是,他并没有一味钻进专业的螺壳中,而是对世界的不平耿耿于怀,关心公共空间,对美国当下一些经济文化现象时有尖锐批评。比如他每年都捐助公益电视台,对重要的社会问题能够真谏,并收到总统的亲笔答复。

  回国后我写了一封信,感谢鲍曼先生的热情接待和帮助。而后就是长达十余年的通信中断,是我在繁忙匆促中度过的写作生活。这期间偶尔还会想起那位老人,但由于远隔大洋和陷于日常琐屑之故,终于没能再写第二封信。这样直到2008年,经鲍曼先生的推荐和提议,由美国少数族裔委员会主席签发的一纸文学表彰,才让我得知老人家在长长的十年间里一直关注我的创作,甚至熟悉我刚刚出版的每一部作品。于是他又一次不无天真地表达了自己的"文化责任"。这种表彰本身另当别论,比起热爱中国文学的老人的那份热烈情怀,它已经变得不那么重要了。这一切经过是我于事后在网上看到他手持我的作品发言的照片,然后费尽周折找到他的助手,很花了一点时间才弄明白的——于是一种深深的歉疚迅速溢满了心头。我无法原谅自己在十余年的匆忙中,竟没有与老人联系过一次,没有一声问候,没有他的一点信息!而老人却一直没有忘记我和我的文学,在做过两次心脏搭桥手术的情况下,又接连读过我上百万字的作品。对比之下,我作为一个生活在"礼仪之邦"的中国人,究竟是什么原因变得如此薄情寡义呢?

  世界上有着许许多多的角落,有着各种各样的人。时下的中国正处于开放之机,我们在与各国的文化交流之中,不难遇到傲视和偏见的强势国家的学者,也一定会深恶某些弱势群体送上的一份媚态。但诚实和无私、友善与帮助,却永远是值得我们珍惜和尊敬的。就此而言,我怀念可爱的罗伯特·鲍曼,学习他感谢他,并会永远记住他严肃而纯良的面容。

2010年2月22日

存在的执拗

不同凡俗的艺术和思想,有时是——多半是——要经过比较漫长的时间才能被认识和肯定,它们最终化为历史,融进和织入时代的经纬之中。当然,淹没的可能性也很大,因为时间太长,其中经历的政治经济文化风习的变动调整又太多。

为了让杰出的艺术和思想存在着,并且被凸显和认识,就需要有人做出非同一般的顽强抵抗。通俗化的浪潮轻而易举就会覆盖一切,形成一种比预想强大得多的力量。它可以借助人类的媚俗倾向、文化上的小康要求,迅速地推广蔓延。

人会在不知不觉间背离自己准备坚守的东西。对人的引诱是无所不在的。

生活每一次发生跃进,都是潜在核心的诗与真被开掘出来的结果。它们一直存在着,不过是藏在了深处,如果长久地掩埋它们,生活就会暗淡无光。

不负责任地通俗化,就是一种妥协。通俗化是有价值的,我们人类至今做的许多极重要的工作，就是解释、说明和传播，是普及和实践，只为了将深奥的、费解的、玄思的化为通俗的、可感的、可以触摸的。真理会在这个过程中突发它所蕴含的力量。但通俗化的过程不是歪曲和遮掩的过程，那样就走向了真实的反面。

现在令人担心的是，我们的不少报刊、广播、电视，即一般的新闻媒介和某些专业性刊物，在对待思想与艺术方面，不仅仅是止于"不负责任地通俗化"，而是在此基础上更进一步地传播低俗和谬误，即他们不仅是轻率地解释"存在"，而且还要将糟糕的覆盖物指定为"存在"。

这样做的后果不堪设想。

我们几乎都在这个喧嚣的时代里放声呐喊，唯恐淹没了自己的声音。但这声音都是大同小异的。我们并没有沉着地发出自己的见解。不停地追逐和标榜时髦，将其当成了"见解"本身。"时髦"本身只是一种"通俗"，而不是"通俗化"。真正的"见解"从来不会是时髦的，一部文化史可以说明这一点。

一个批评者如果没有抓住"核心"的能力，而又勤于发言的话，那就有百害而无一利。一种功率较大的传播工具如果抓不住"核心"，也同样糟糕。"核心"即一个时代的真与诗之核，是深埋地下的矿藏，是岩石和泥土包裹之物，有着稍稍的隐蔽性和陌生感。

批评者或智识阶层的全部，他们的一个重要工作和责任就是挖掘和扩大——将角落里的声音复制仿真然后送到街头。这是一种责任。如今有人做的一切恰恰相反，就是跟上街头的声音喧嚷，将凡俗之声进一步通俗化和扩大化。这样做没有自尊。

诗与真之核仍然存在着，它不会腐烂，而将永世长存。

尽管这样，我们也不敢让其永远深埋地下。因为人世间需要它的光。迄今为止，我们的一切快乐和幸福都是来自它的光的照耀。

它是存在的。

那么我们呢？我们也是存在的。我们如果不倦不悔地寻求和传播，如果如此执拗，也是光荣和有意义的。

它的存在是神灵的事情，而我们的存在是人间的事情。

我们如果顽强不屈地寻找它表述它，就有可能极大地靠近它。

不是为了让人听到自己的声音、显示自己才发言，而是为了真实才发言。长期地存在一种朴素无华的求真之声，这个声音是无私的，所以它不会劳而无功；它的质地坚硬，消磨不掉。

我们梦想抓住"核心"，并一生坚持开掘和扩大。

1994 年 9 月 12 日

人的用具

鞋拔子

鞋拔子作为一种日常生活用具，现在又渐渐多起来了。这之前大约有十几年的时间里没有见过它，无论是城市还是乡村，好像都不再使用它了。鞋子还在穿，但是没有鞋拔子也并不觉得少了什么。而在小时候的记忆中，鞋拔子都放在一个显著的地方，以便用时能马上摸到。它大多是铝做的，最好的还用黄铜做成，总是磨得闪闪发亮。记得很早以前，鞋口的后缘总是收得很紧，这样在穿鞋时就要费力一些，甚至是非用鞋拔子而不能为。我至今还记得这样的场景：急着要穿鞋子而又找不到鞋拔子，那真是又烦恼又尴尬。这在今天看来好像是不可理解的，不理解为什么穿鞋子要那么难。可是这种情况在今天的鞋店里又出现了，顾客试鞋子时常有小姐从旁递上那个久违的用具。在过去，新鞋子，特别是手工鞋子，刚穿的那段日子里非要使用鞋拔子不可。

关于鞋拔子的消失，以前我曾经以为是生活进步的标志。好像鞋子越讲究，那种用具也就越是可以免除似的。另外的原因可能还有，格外奔波的生活需要鞋子的后口收得更紧，因为只有这样才不容易在匆忙的追赶中掉鞋子。如果人处于更清闲的日子里，就可以穿拖鞋了。可见鞋口收得紧不紧，的确与生活情状有关。但是这种理解又很快被推翻了，因为我们发现今天的繁华商业区的高级鞋店里又有了鞋拔子。许多名牌鞋子的包装盒中直接就配有一副鞋拔子，当然是非常廉价的塑料制品。买这些鞋子的人，并不都是生活匆促的人。

其实不仅是鞋拔子，还有许多用具的消失，往往不是生活水准提高的标志，而是生活变得粗糙的结果。只要回忆一下，就会发现过去有一些非常讲究非常细腻的东西，现在已经再也找不到了。那是一些至今仍然实用之物，但是没有了，并且连制作工艺也一块儿流失了。与此道理相近的还有其他许多，不仅是用具，还有思想和精神，我们总是因为匆忙和遗忘，因为不懂得保留既有的珍贵，而荒废和遗弃了许多。这就使我们人类的生活更添了很多困难，有时是——苦难。

火镰

火镰是火柴发明前后的取火用具，是当时最普遍最流行的东西，差不多等于现在的打火机。过去谁家没有几把火镰是不可思议的。它是由好钢制成，长不过三寸，厚仅五六毫米。用它击打一种纯白或白中透红的石头，迸发出火花，再点燃火绒草。这里的火绒草是至关重要的，它是山野里生长的一种白绒草，晒干后沾上火星就着，所以称为火绒草。如果没有火绒草，还可以将高粱秸秆的内瓤烧成嫩灰代替。总之要用易燃之物充作星火的媒介，一场燃烧才可以发生。

过去的抽烟人必有几样用具随身携带：火镰、石头囊、烟斗、烟口袋、火绒盒、烟钎子，这些缺一不可。我小时候爱与抽烟的男人在一起，就为了看他们怎样咔咔几下打出火花，看神奇无比的火星落在草绒上立刻冒出白烟，看烟斗上红色的火头瞬间形成，看他们香甜地吸上第一口烟。由于用火镰打火是他们每天进行无数次的工作，所以那真是熟得不能再熟，一般情况下只是"咔嚓"一下，顶多两下，烟就会冒出来。我那时学习这种取火之方，不知试了多少次，一次也没有成功。可见仅取火一项，也足可见过去生活之不易、之有趣。

火镰与火柴不同的是，只要火绒护好，就绝不怕雨。因为生火的两大关键物器是铁与石。不知是传统习惯还是其他原因，在火柴发明后的几十年时间里，竟有许多人仍然不愿意舍弃火镰。记得在春天的艳阳下，我蜷伏在白沙上看着他们咔嚓咔嚓击打火镰时，心里常有一种难以名状的激动。有的男人的确很固执，他们就靠了这种固执，会把一些不乏美好的事物一路送上很远。我爱他们。

电脑

我们这一代人遇上了一种极不平常的东西，叫作"电脑"。机器自己有了头脑，这是最值得重视的事情。我从很小就遭遇了机器，那是嘭嘭响的锅驼机，还有柴油抽水机等。它们不响的时候常用一领席子盖上，我们就蹑手蹑脚上前掀了席子看。但我们惊讶中并不害怕，因为我们知道它没有脑子没有心眼，是不会思索的；它需要我们人来好好指导调弄才能工作，尽管它们力大无穷。今天的电脑稍有不同，它一经戳弄就举一反三，据说它们自己还会做出一些令人大为恐慌的事情。

于是有许多智慧人士开始为世界的未来而忧虑。电脑的运算能力是人教给的，但由于是多人多次地教给，它的运算能力就几乎不可限量了。它的一个不太可怕的方面，就是它的不会想象。智慧的最重要的部分是想象，是思想里面蕴含的诗性，这是电脑所没有的，所以电脑还不是那么可怕。从电脑推及人类，我们于是就可以明白为什么有的人运算能力极强，但就是够不上第一量级的聪明，原来是因为他们的想象力不够，因为诗性不足。电脑总而言之在算一笔死账，刻板如一，强大然而僵直，将来会是一个冷面杀手。

家里有了电脑，可以上网、写字、画画，还可以用来进行一些简单的管理工作。公家有了电脑用处就更大了，它们的思路一经设计，就可以为公家做一些意想不到的大事。从某些方面来看，电脑使公家变得更强大了，而不是我们个人。电脑为个人带来的方便，远没有它带来的麻烦大。这个倾向，这个事实，会随着时间的推移而变得越加明显。

每个人都有自己的个性，他们都要追求自己的完美，总要有许多的想象。所以电脑基本上帮不了个人的大忙。而公家不需要多少想象，公家所要做的事情大多经过了折中，从思想到举措都取一个平均数值。这些事情机械而繁多，所以电脑在公家手里就有莫大的用处。

手机

每一代人都会享受自己时代的科技成果，接受科学技术的恩惠。虽然个人的事业成就与时代的科技水准不一定成正比，但总会有密不可分的关系。一般而言，社会科学领域的人物对于时代科技的敏感度往往有别于其他专业人士。他们需要人文关怀，需要多维视角。因为周密的思想要来自一次又一次的综合,在这个过程里面,必然包括了对科学的历史和现实的纵横考察,包括了对于科技与历史进步、科技与社会道德等诸多方面的复杂思索。这种种思索要求思想者本身与科技特别是技术保持一种稍稍疏离的关系。他们对于科学和理性极为重视,然而同时又十分警惕蔓延在社会上的技术主义。技术主义是将技术凌驾于科学和理性之上的并在一定程度上取消和替代了社会伦理的极为有害的东西。

二十世纪九十年代末开始广泛使用的便携电话,是引人注目的一种现代应用技术。它在多大程度上改变了当代人的生活,一时还难以概括。报刊上关于这一现象的动人而平庸的描述是:手机进入寻常百姓家。使用手机的普遍化,是一个时期生活和生产工具进步的标志和象征。不过就像当年人们对于无线电技术、对于收音机的惊叹一样,也将很快成为过去。科学技术的迅猛发展,主要取决于它能够有效积累的自然属性。人类对于科学的经验和经历是难以忘却的,所以可以做到代代接力,比如电子传播技术的从有线到无线——有线传播从普通电话发展到了今天的电脑网络;而无线传播则发展成了卫星电话,这就有了我们现在谈论的手机。比起社会道德伦理范畴的东西,科学技术的发展总是较少曲折的,总是能够做到有效的积累,呈现出一种线型进步。

我们今天手持一部手机,有时等于是抓住了一个欣慰。享受着,思索着,心里充满了新的憧憬以及无以名状的忐忑不安。

2002 年 10 月 5 日

梦一样的莱茵河

——访德散记之二

它流动在欧洲的土地上,流得格外响亮。河水的喧哗声响彻东方。当我走在这条河的岸边,面迎着湿漉漉的风,却驱赶不掉梦一般的感觉。

看看欧洲,看看欧洲的河。

我从胶东西北部小平原启程,来看看欧洲,看看欧洲的河。

它肯定没有我原来想象的宽,苍绿的水面,翻着波浪,一艘艘货轮和客船在河道中奔驰。河两岸是大大小小的城市、遮满了绿色的青山、蓊郁的森林。这里游人很少,真可惜了绒毯似的草坪,可惜了这滋润的气息。一株挺拔的丝柏,立在茵茵草地,远看像喷涌直上的浓烈烟柱;而鸽子和野鸭比人多,一群群鸽子落在堤岸的草地上,我向它们走去,它们向我走来。野鸭子待在游船小码头的木踏板上,我走向踏板,它们专注地看着我。淡淡的水雾流动在河面上,使这条大河看上去更妩媚也更安静。

我不能不去暗暗比较东方的河——那些无比亲切的、各种各样的、闻名于世的和默默无闻的，尤其是芦青河。芦青河河道也许还要宽于莱茵河，它以不可阻挡之势，在几千年前切开了胶东屋脊，奔向渤海。可是有多少人知道芦青河呢？我爱芦青河，也爱莱茵河。在这平等的爱之中，我心里滋生的是些什么感触呢？一丝惆怅，一丝委屈，抑或一点点愤愤不平吗？

一天黄昏，我与同行的诗人Z迈过波恩铁桥，在河的另一岸漫步。我们去看一棵茂盛的丝柏，因为在河的对岸观察它，它直冲九霄。踏过一片草地，穿过紫荆树和杜鹃花交织的小径，走到了大树下面。它的枝条一致向上举着，连每片墨绿的叶子也向上举着。整个树是一支巨大火把，照亮了宽阔的河面。它的燃不尽的油性，我相信是来自这油汪汪的河。

暮色里的莱茵河如诗如画。一条河的美丽除了它本身的壮观，更重要的大概还要依赖于两岸的景色。河行千里，山谷和平原都让河脉串为一体了。举目望去，变化多端的峰峦，密不透风的树林，覆盖了一切的草地，一切都让人感到一种特别的欣悦。我觉得人在这种环境中生活更容易心境平和，滋生出一些美好的想象。大自然是那样地与人贴近，人在大自然的怀抱中，大自然也在人的怀抱中。我想这时如果有一个调皮的摄影师走在河边，扬起他的摄影机，无论从肩上、胳肢窝下、背后，甚至低头倒立，只要随手一甩，按动快门，就会产生一幅很好的风光照片。

莱茵河滋润了欧洲。

芦青河滋润了华东的那片平原。

在我童年的记忆中，河水是清澈的，水下的卵石和小鱼都看得见。河边是野椿树和槐树，是一望无边的荻草。有一次我翻过河的入海口处的沙堤，一眼看到的是随地势起伏的绵延辽阔的茶花——它们雪白一片，迎风飘荡，真正是如火如荼！这条河留给我的是无限的思念，是一生的温馨。我后来离开了它；再后来无数次地跨越这条河，看到它慢慢变得浑浊，水流正向中间萎缩……但我心中的河，却依然是清明闪亮的，它永远被一片绿色簇拥着。芦青河，你不可改变，你不可干涸，你必须一直生机勃勃！

可怕的是它真的在干涸、变浑。由于大量砍伐树木、开垦荒地，水土严重流失。河道里隆起一处处沙丘，河水要在这些丘岭间蜿蜒。它裹挟着那么多泥沙，负担沉重，于是就将其堆积在河床上。我曾满怀希望地去寻找童年的野椿树和无边的茶花，还有那油绿深邃的丛林。结果一切都没有了。我在河边的荒地上、在松软的沙滩上漫无目的地走着，觉得自己突然间变得一贫如洗……使我振作起来的是不久之前的事情。那时我又回到河边，终于看到了大片大片新植的小树苗，还看到了堤下的草坪，刚刚围成的花坛。那会儿我兴冲冲地沿河堤一口气走了十几里路，想象着明天的河，寻找着昨天的河。我知道一切都在开始。这一切做得晚了点，但终究还是做起来了。

莱茵河暗绿色的波涛拍着堤岸，送来一股奇怪的气息。多少船只来来往往，从高大的铁桥下穿过去。船上彩旗在风中一齐抖动。汽笛声低沉短促，像是怕惊扰了两岸的沉睡。河水传来的那股气息，我渐渐明白了是工业大都市的气味。河上还有多少波恩这样的铁桥？不知道。我从桥上走过，总是对箭一般驰过的车辆有些担心。大桥的人行道很窄，行人走到弧形桥面的最高点，可以强烈地感到它在颤抖。再低头望望下面，河道正像桥面一样繁忙急迫，航船如梭。这是一条充满了旋转、追逐、摩擦的河流。

我同样想象不出莱茵河的昨天。它像我记忆中的河流那样宁静淳朴、充满了天然野趣吗？我想会的。两条不同的河流之间有什么在联结着。它们都有过昨天，也都会有明天。莱茵河是否干涸过、荒芜过？它像东方的那条河一样生长着，变幻着，终于成为眼前这样的河了吗？

一切都像梦一样。我与Z诗人去看过的丝柏挺立在草坪上，它的沉默使我一阵阵惊讶。有一位荷兰大画家多次描绘过它，如今它就在这河畔上燃烧。有时我又觉得它就是东方那条河岸的野椿树。它那么陌生，又那么亲切，一如它守护的河流。我不得不承认，我更喜欢的还是那条童年的河，那条河里洗净了多少调皮娃娃身上的尘土。它更容易让人亲近，让人理解。它的美是不加雕琢也不被扰乱的。它的波涛上只有白帆，有欸乃之声，有老人和孩子的笑声。牛在岸边哞哞长叫，羊从堤坡上小心地下来喝水。

　　波恩大学的K教授与我一起沿河走去时，和我谈了很多莱茵河的事情，使我吃惊。比如说，这河里就看不到一个游泳的人。那不是天气的关系，而是人们惧怕污染过的河水，认为在这条河里泡过会生皮肤癌。波恩人幽默地说："莱茵河如今可以用来冲洗胶片了！"那意思是它的化学污染严重。这条河流经几个国家，沿途几个化工厂毁掉了河水。K教授说如今已经没人敢吃河里的鱼了，尽管淡水鱼味道鲜美。这是真的，因为我在波恩期间没有吃过，也没有看到销售淡水鱼。显然，现代生活已经如此严酷地改变了一条河。欧洲的文明也没法解决污染问题。虽然这里的水还算清明，不像东方的有些河流那般浑浊，但这里正在开始的，是一场无色无味的毒化。这更可怕。

　　我把K教授的话告诉了Z诗人。他说：我们的黄河跳进去洗不清，可你洗吧，保证没事！这条河（莱茵河）可以洗得清，不过谁敢去洗呢。事情真是奇妙得很，看上去不怎么干净的，倒很卫生。不过我想明天的黄河，谁也不敢说怎么样，正像芦青河经历的变化让人感到莫测一样。每一条河都有生命，都在成长和更新。似乎每一条河都要经历那么几个阶段，告别一个阶段，就同时告别了一些欢乐和痛苦。我们没法自由选择，悲怆地遵循了铁一样的自然法则。

　　我在波恩住了两次，共一周多的时间。可当我以后回忆欧洲之行，首先想到的,却是莱茵河。我永远不会忘记湿润的河风给我的难以言传的感觉,忘不掉一个东方青年心中的波涛。河风将我的头发撩起来,我迎着风往前走,一直走下去。早晨的太阳和晚上的太阳都映红了大河,可一个是火热的,一个是宁静的。我在河边沉醉,畅想,流连忘返。可这一切带给我的又绝不仅仅是欣赏的轻松和愉悦,而是更为复杂难言的心绪。

第二天就要动身去汉堡了,那时又将看到欧洲的另一条大河:易北河。我久久地走在莱茵河边,我想此刻远在东方的朋友和亲人,你们知道我现在看到的是什么吗?是一株普通的树、一片熟悉的草、一道石砌的河堤……什么都不陌生,什么都不奇异。我们的土地上也有这一切。我们保护它们,并让它们壮大、繁茂。绿色不仅仅只是荫护欧洲,河水也不仅仅只是滋润欧洲。同样,东方那些淳朴的河流,也该强烈地、意味深长地吸引欧洲的想象。晚霞的红色又铺展下来了,大河像少女一样羞答答的。鸽子轻灵地落在我的前方,我向它们走去,它们向我走来。野鸭子也看到了我,它们总是神情专注。我伸手向它们也向莱茵河摇了摇手。

这是否是告别的手势,我也不知道。我只知道在举起右手的那一刻,心中充满了温暖和宽容。我想我多么喜爱这些小动物、小生命;我会动手植树种草,而对它们永不伤害。我知道还是莱茵河两岸的浓绿,才使人多多少少忽略了它的纷乱。绿色,还是绿色;没有绿色,也许人类会疯狂的。

我最后一眼看到的,还是那株枝叶向上的大树。它从茵茵草地上长起来,直冲云霄。我还是原来的印象,觉得它像喷涌直上的浓烈烟柱。

1987 年 7 月

去看阿尔卑斯山

——访德散记之三

我到了欧洲没有几天，心中就滋生了一个奢望。有一天我向同行的朋友说："不知能不能安排我们去看看阿尔卑斯山？"朋友笑了。我知道他也想看，哪怕只看一眼也好。

东方人心中矗立的是世界最高峰喜马拉雅山山脉的珠穆朗玛峰。但他们也知道西方的名山，知道阿尔卑斯山的名气有多么大。这座雄伟奇绝的山脉西面起自法国境内，经瑞士、德国、意大利，东到奥地利。很多大河发源于这个山脉，像波河、罗纳河，还有莱茵河。

到了欧洲，不看看阿尔卑斯山可太亏了。

当时我们正在北海之滨，在汉堡。那是德意志联邦共和国的北部。而我们一直惦念的山脉却在这个国家的南部。

德国北部的秀丽风光，异地风情，一切一切陌生得让人应接不暇的事物，使我们一度把那座山的影子抛到了一边。后来到了汉诺威、特里尔，又到了维尔茨堡，正一点点接近德国南部的著名城市斯图加特和慕尼黑。离阿尔卑斯山越来越近了，于是心底的那种兴奋之情又悄悄地泛了上来。

M先生是一家报纸的记者，访问途中一直为我们开车，同时又是天底下最棒的向导。他跟我们在一起玩得愉快极了，我们高兴的时候，他的蓝眼睛就溢满了光彩。他的英语说得不太好，常用的几个单词从嘴里飞出来，十分响亮。他告诉我们，车子再往南开，就可以遥望到一架大山了。

"什么山呢？"女小说家L赶忙问了一句。

M洪亮地喊道："阿尔卑斯！"

棒极了，一切都要如愿以偿了。车子在南部山区飞驰着，公路两旁的景色更加秀丽。车内的人不可能感到疲倦，因为窗外吸引人的景致太多了。我们都觉得这儿比北部，特别是比中部还要漂亮。丘陵起伏，林草葳郁，森林的气息越来越浓烈。在无山的间隔地段，隆起的漫坡高地被密密的绿草覆盖，呈流线型连绵数里，真是绝妙的画境。

绿色的原野上总能看到几只雪白的肥羊。它们好像专门为了点缀成画而来，洁净得纤尘不染。灰色的大盖木屋孤零零地坐落在草地上，每隔一二里就有一座，像童话里的建筑。后来我才知道这是贮干草用的房子。奇怪的是你如果用一幅图画去要求这儿的原野的话，就会发现缺了高地山坡不行，缺了白羊不行，缺了灰房子更不行。

简朴的村庄就在山岭旁边。村庄里除了教堂之外，一般没有太高大的建筑。几乎没有一座平顶房，房顶都比较陡，房瓦是红的或者灰的。小房子挺精神的。整个村庄像用清水洗刷过，洁净地待在谷地里。从一座座城市中穿过，每到了小村庄的边上就感到亲切。它使人想到东方，想到东方的生活。这儿的宁静和自然，这儿的独特的气质，是在汉堡和不来梅那种城市寻找不到的。

我曾想象过小房子里的生活，想象这儿的农民怎样过日子。他们的土地上水草茂盛、庄稼油旺，羊和牛都肥得可以，小房子有的一层，有的两层，方方的隔开很多间。如果用我们习惯了的经验和标准来判断，他们显然舒服得很。

当傍晚车子穿过村庄的街道时，偶尔会听到悠扬的钢琴声。这时暮色一片，尖屋顶、木栅栏都沉浸在红润里。屋子旁边的花圃中朦胧灿烂，巴掌大的叶片在微风中摇动不止。

时间刚好是盛夏，如果在东方，在黄河的下游地带或泰山山麓，正是暑气蒸人的季节。但这儿却像初秋那么凉爽，人们出门还需要一件外套。在我们的华东平原上，此刻勤劳的农民们刚刚擦一把汗水，在田埂树荫下喘息吗？太阳落山时，他们会把衣衫搭上肩头，迎着村落上腾起的炊烟和浓烈的米饭的香味走回家去。母鸡扇动翅膀，白鹅伸直了长颈。广播喇叭正报天气预报，小孩儿把尿溅到了姥姥身上。家庭的声音驱走了一片暑气，院子里的大槐树逗趣般地掉下一个绿壳虫。灶间里的风箱还在呼哒哒地响，女人一边往灶里抓草一边看着男人。她去捅火，白色的灰屑扑了她一脸。火焰映出的是额头上一道道皱纹。男人喊了她一声。

我们的车在著名的斯图加特市停留了一天，就径直开往慕尼黑了。

秋一样的凉爽，鲜啤酒一样的清香，这一切都没法不使人神情振奋。M先生两手握着方向盘，常常要告诉一点什么。路旁的山坡上种满了啤酒花，一行一行规整极了。这儿的啤酒花产量是世界上最高的。如果晚来几个月，那正好会赶上这儿的啤酒节。那可是个盛大的欢快的节日，是世界上真正独一无二的场景。啤酒节又可以叫成"草地节"，你于是可以想象得出啤酒与大自然的关系了。

我们终于来到了阿尔卑斯山下的这座名城了。

从哪里看起呢？这座洁净得如同一只天鹅的城市，这座像冰晶一样闪亮的城市。伟大的艺术家施特劳斯就诞生在这里，是市民们引以为荣的,也该是这座城市的殊荣。我们看到了市政厅附近的巨大喷泉,看到了在广场一侧如痴如迷地吹奏着的土耳其人……可是阿尔卑斯山呢?

我们到"大都市旅馆"里住下后,太阳还没有落山,有人提议趁这段时间去看看它。他找到 M 先生,说:"这会儿去看看它吧。"我们都知道"它"指什么。M 先生说:"时间恐怕来不及了。"不过他说着却将我们引上了车。

车子愉快地驶出市区。

车子爬上了被绿树掩映的坡路。路旁山坡上的树好密,几乎每株松树都笔直高大,那颜色使注视它们的一双双眼睛也变得明亮了。由于根须扎在一座水分充裕、土层肥沃的山脉上,真正是苍翠欲滴。我们已经踏上了阿尔卑斯山的领地,但离它的那些终年积雪的峰峦还有很远。

M 先生将车子停在一个湖边。我们首先被这个湖泊给吸引了,一下车就伏到了湖边的铁栏上。湖水碧绿清亮,白雾在远处飘移。木船慢慢地游动,三三两两,显得湖面很旷远。湖的另一边消失在大山脚下,也许它顺着山麓转到了另一边去。

大家全都无声无息地看着。这个湖泊是不应该被惊扰的。湖面上徐徐吹来的风撩起了诗人的头发,拂动了女士们的风衣,洗着我发烫的脸颊。

M 先生告诉大家,阿尔卑斯地区有空气纯化监视设备,这儿的空气必须纯正清新。还有,湖中绝不准许以油为燃料的船只经过——你们看到那几个全是木船了吧?

当我们正议论着湖水的时候,不知谁在身后喊了一声:"看!"大家一块儿转过身去,一齐抬头仰视——不远处,那雾气迷茫的地方有银白色在闪耀,原来那就是德国境内的阿尔卑斯山高峰。它的雪衣在傍晚的光色下闪烁,又被雾幔不时地隐去。峰巅万仞,云气苍茫,藏下了说不尽的神秘和冷峻的威严。

M先生笑着。他终于把我们带到了这里。

我们就这样望着这座高山。我的心绪这一刻非常复杂。我相信一个东方人从遥远的地方跑来看一眼这座名山,都会有很多的感触。那种意味是说不清的。究竟为什么要来看山?看山得到了什么?这一次行动的意义又在哪里?

阿尔卑斯山沉默着,所有望着它的人也都沉默着。怎么回答呢?我不知道。我只能说它在这一刻所给予的某种震撼,是我久久不能忘记的。

天色暗了。我们没有时间离山再近一些了。就带着巨大的满足和深深的遗憾,踏上了归途。

夜色中穿越密林中的山路,这在来德国后还是第一次。我们将车窗打开来,让山间清凉的空气透入车厢。四周一片沉寂,似乎能听到树叶飘飘落地的声音。身后的大山和湖泊隐在了夜色丛林之中,但我此刻仿佛仍然听到了水珠飞溅,就像敲击玉盘;雪峰的倒影印在湖镜上,星海一片,突然有一只鸟在遥远的地方啼叫起来,一声比一声凄厉,一声比一声急促。它叫了一会儿,声音才渐渐地舒缓下来。我想这是阿尔卑斯山之巅的一只孤独的鸟儿。

这就算看过了阿尔卑斯山?

我心头掠过一丝微笑,在微弱的光线下去看同车的几个朋友。他们奇怪地全都闭着眼睛,模样有些好笑。我碰一碰诗人。他睁开了那双布满红丝的大眼,咕哝了一句德语。两天以后我才明白他说了一句什么话,那句话可不怎么让人愉快。

在慕尼黑市匆匆忙忙又兴趣盎然地游览,不知不觉过去了两天。这个啤酒王国让我们喝足了它的啤酒,大家得用双手才举得起硕大的杯子。我们觉得整个联邦德国的城市夜间都亮如白昼，慕尼黑似乎更亮一些。欧洲电力充足，看看它们的灯就知道。再加上金属结构和玻璃结构的建筑较多，可以与灯交相辉映。这儿的灯店给人留下强烈印象，里面的花色品种太多了。可以与这儿的灯店相比的，记得只在波恩和汉堡看到过。我买了一个红色的台灯。

第三天下午是休息、郊游的时间，不是正好用来去看阿尔卑斯山吗？这回我们有时间一直将车开到山根下。想是这样想了，但不好意思跟 M 先生说，因为他几天来开车太疲累了。可是令人感激的是 M 先生自己提出了进山的建议。大家一时无语，只让兴奋在眸子里跳荡。

赶快上车，这是我们离开慕尼黑市前最后的一个下午了。

女小说家 L 穿上了一条鲜红发亮的裙子，坐在我们中间。也可能是多了一条红裙子的缘故，我们觉得一个什么节日来临了。也许有人会感到费解：繁华的城市有多少东西等待我们去瞥上一眼，可我们却一再匆匆地上山……这是为什么？

不知道。也许就因为它是阿尔卑斯山吧。

M 先生说，通主峰的有一条缆车。那么说我们可以亲自用手去捧捧积雪了——我从来没有在盛夏摸过白雪。当车驶近了高大的山峰时，我们大家对其他东西都视而不见了，因为都一股心思去看这让人惊心动魄的大山了。

这次可以看得更清晰了。山色青苍，森森逼人。巨大有力的石块呈千姿百态凸立，使你强烈地感到很久很久以前那一次熔岩的愤怒。一道峰刃将另一道挡在阴影里，阴影重叠，白雪皑皑。云流在山口上涌泄，似有撕裂绵帛的声音隐隐传来……

可惜开缆车的时间已过。但我们无悔地站在山根。这儿冷风飕飕，真是个严肃的地方。

我们的车仍在夜色里往回开。大家坐在车中，仍像上一次一样闭着眼睛。半路上，我又推了一下诗人，他又咕哝了上次说过的那句德语。这回我听明白了，他在说："别了！"

1987 年 11 月

默默挺立

——访德散记之四

从法兰克福乘车到波恩，心情异样地激动。车子在高速公路上飞速行驶，两旁不断出现森林、起伏的草地和麦田。偶尔有一块油菜花嵌在田野上，明亮耀眼。这里看不到一处裸露着的泥土，一切都在尽情地生长。林子里，早熟的各种果子已经泛红，鸟儿在树杈深处呼叫应答。一阵雨水冲刷着马路和林木，使这个世界纤尘不沾。我们的车子飞驰着，不断把人带入崭新的境界。

从飞机上俯视这片土地，给人印象最深的是绿色占去了绝大部分面积，而一座座城市和村庄只是夹在大片绿色的缝隙里。绿色在这里成为最主要的色调。我从哈尔滨飞往北京，看到的情况恰恰相反。这条飞行路线是较好的绿化地带，但给人的感觉是绿色只算点缀。欧洲这片土地得天独厚，气候湿润，雨水充足，任何种子都可以在最短的时间里鼓胀起来，伸展叶芽，疯狂地生长蔓延。于是山不见石，田不见土，连高大雄奇的建筑也给遮掩起来了。

这个国家面积不大，山水有限。但由于一切都被茂盛的植物遮盖了，绿荫婆娑，就让人觉得奥妙无穷，意味深长，也分外含蓄。我们的司机 H 是一位顶呱呱的司机，可他的本来职业是一名记者。H 先生沉默寡言，他见我们一路上十分高兴，也就一直微笑着。

一路上大家的眼睛一直注意看两旁的树木，贪婪地饱餐田野的秀丽风光。很多树种似曾相识，但又叫不上名字。有一种红叶树红得人心里一动一动，谁见了都要脱口喊一句："哎呀，快看！"黄色的、浅绿的、紫红的，任何色彩镶在深绿色的丛林中，都会让人眼前一亮。H 先生满意地微笑着。

我突然看到了一片棕红色的高大树木，像是一种奇异的松树。它们默默挺立在山坡上，一动不动地，别有一种风韵。我伸手指向窗外，说："你们看！这种颜色的树……这么大一片！"大家一齐转脸去看。与此同时，H 先生鼻子里哼了一声。我看见 H 先生的脸色略有阴沉。翻译同志告诉大家：H 先生说那是死去的一片松树——它们是被酸雨慢慢淋死的。目前，这个国家的大片土地都面临着酸雨的威胁。你们还可以看到很多这样的树，很多。

我以前看过关于酸雨的报道，印象不深。它没有在头脑中化为形象的东西。而今天，我再也不会忘掉酸雨了。我知道了它有多么可怕。如果酸雨继续出现的话，那么整个大山不是要慢慢光秃吗？酸雨是死亡之水。

车子向前，我们接着又不断地发现一处处死去的松树。它们死去了，但并未倒下，只是树杈僵硬，默默地站立着。这种无言的站立，这种沉默……有一种可怕的东西传递出来。

如果想象一下它们当初仰脸向天迎接雨水的情景，会是很动人的。可酸雨首先使它们失明，然后是残酷的剥蚀。最后的时刻来到了，它们终于没有来得及与人们告别。实际上也无须告别。因为酸雨的创造者不是天空,不是上帝,而是人类自己。

我们到了波恩,又到汉堡,到大大小小的城市,到阿尔卑斯山下……到处都是一片浓绿。可见这个国家在环境保护方面用心良苦,这里到处有劳动的血汗,有长远的眼光,有一切尽心尽力的痕迹。非常重要的是,从这一切可以看出这个民族的宽容,对大自然其他生命的尊重。鲜花是生活中绝不可少、最为珍贵的。对一个人的敬重,莫过于向他(她)献一束鲜花。那么看吧,花店处处,芬芳四溢,橱窗、街心、山坡、阳台,到处都是用心培植和任其生发的鲜花。一株嫩芽、一棵小草,只要是绿的、有生机的,就会得到保护。一个人走在蓬蓬勃勃的树林和花草之间,会感到安宁和坦然。失去这一切,我想心灵深处一定更容易荒芜。在这儿,在欧洲的这片土地上,就是这样的郁郁葱葱,一片苍翠。

可也就是在这片土地上,我看到了一片片死去的高大树木。它们默默挺立。

它们告诉你绿荫遮蔽之下,还有另一个欧洲。

这儿物质丰富,工业发达,科技先进,很多人生活得又惬意又条理。可是人与自然的关系是世界上无数法则、无数关系之中最重要的一个,如果这方面出现了严重问题,其他所有方面的条理都显得微不足道了。如果人类文明与地球灾难一块儿发展和扩大,这种文明最终就会将世界引向死亡。也就是说,人们到了再一次调拨生活的罗盘的关键时刻了。你在这调拨中会进一步审视人类迄今为止的一切行为,重新权衡与大千世界密切相关的所有事物。你会认识到,对大自然的绿色生命仅仅是一般的爱还远远不够,仅仅是一般的保护也无济于事。

酸雨在世界的好多角落都降落过。但它只有降落在一片浓绿的土地上,降落在最懂得保护自然的现代人身上,才显出了真正的残酷无情。

我忘不了进入鲁尔区的情景。鲁尔区是联邦德国的工业发达地带，是发生经济奇迹的地方。可是当汽车驶入这里的高速公路，两边的森林从车窗旁飞速闪过时，你会感到一阵阵痛楚。一片又一片焦干的棕红色树木沉默在那儿，挺立着，无声无息。它们高大的身躯笔直伟岸，主干上伸向两侧的枝杈差不多都很对称。绿叶脱光了，成了一具多么完美的死亡标本。注视着鲁尔区的这些标本，任何人都会有一种悲壮的感觉。

核电站的巨型建筑矗立着；一些不知名的工业建筑群像山峦一样隆起。无数大烟囱插向云天；红红绿绿的各种线缆集成一大束，分别向四方蜿蜒。蒸汽喷向天空，很快漫成白云一样。雨水哗哗地浇下，鲁尔区的一切又在淋雨了。谁也不知道这是不是酸雨。雨中，大地一片寂静，连高速公路上的喧嚣也退远了。只有蜻蜓在雨丝中平稳地向前滑翔。

鲁尔区好大，森林的覆盖面也好大。我几次以为已经驶出了鲁尔区，但 H 先生总是摇头。快穿越鲁尔区吧。

H 先生的眼睛注视着前方，从不看路边的景色。我一路上仔细端详着他，觉得他像一个老熟人。其实这是我认识的第一位欧洲朋友。他有一张看一眼就让人信任的面孔，这张面孔透露着坚毅和果决。我在想象着他、他的民族，想象着一个世纪以来东西方的一些重大变故和演化交流。一个民族有一个民族的总体性格，互相无法替代。人与人的隔膜和理解同样都是无限的。我眼中的 H 先生是质朴的，是把激情深深潜入内心的欧洲人。我相信他不用看也知道鲁尔区有一片又一片棕红色的大树矗立在绿野之中，他会怎么想呢？他正在思索什么呢？他的民族面对这一切，被轻轻拨动的是哪一根神经？起飞了的鲁尔区不会一直这样沉默吧！它也许首先肩负起人的一种庄严，表现出经济巨人的聪慧和气魄，力挽危澜，化险为夷。

但愿如此吧。

在遥远的地方，酸雨曾使一片片稼禾成为焦叶，山石上的植被洗光了，鸟雀飞向远方。我们面临着共同的焦虑，两片美丽的国土都洒上了死亡之水。但这些给人的启示又不会是相同的。每一片土地上抵挡灾难的方式都是不同的，有的有效，有的无效。不管怎么说，大自然已经在逼迫人类做出重要的反应。如果人们站在凄凉的田野上面容痴呆，麻木不仁，那么又将有苦涩的雨滴轻轻地洒上他们的额头。

鲁尔区即将穿越。大地明朗清爽，雨后的风从车窗吹进来。开阔的麦田波浪滚滚，金黄色的油菜花又在熠熠发光。森林闪在背后，大海就在前方，一块一块翡翠似的色块抛闪过去。一层层的林木在山冈上扩展开来，真正是无边无际。可这时，又一片焦死的棕红色大树出现了。

它们身躯高大，笔直笔直，默默挺立在山坡上。

1987 年 7 月

徐福在日本

正史与口碑

在中国，我总觉得从古到今，很少有谁能像这个人物一样值得玩味。他就是秦代的徐市。现在不少人将其呼为"徐福"，"市"字变了，根据是什么不知道。徐市是个大知识分子，那时的智识阶级似乎不太愿沾"福宝金贵"之类。《史记》是正史，不仅因文采令人激赏，而且史料的翔实也无出其右者。史记上载："齐人徐市等上书，言海中有三神山，名曰蓬莱、方丈、瀛洲，仙人居之。请得斋诫，与童男女求之。于是遣徐市发童男女数千人，入海求仙人。""秦始皇大悦，遣振男女三千人，资之五谷百工种种而行。徐市得平原广泽，止王不来。"其他类似的记载散见于其他古籍，更是不可胜数。

徐市是否抵达日本，大多数人并不存疑。有人提出异议，又大多不是真疑。徐市抵日，使日本在极短的时间内从石器时代一下跃入弥生时代。他在一个民族的文明发展史上颇具戏剧性，这就构成了他的显赫与不幸。种种考古的依据终于证明了秦人大迁移与日本文明飞跃的关系。尽管如此，徐市东渡之说也并没有出现一个民族群体性抵制的现象。因为这是一种真实的力量,更是一种血缘的力量。

关于徐市率童男女去日本采仙药一去不归的故事,在中国流传甚广。特别是山东半岛上的胶东半岛,几乎更是家喻户晓。关于徐市的东渡,民间不曾怀疑;学者,特别是秦汉史专家、古航海研究专家,也不曾怀疑。

徐市一举,事关至大。试想他发现"平原广泽"的时间还要远远早于哥伦布发现新大陆的时间,仅此一条就可知其分量。也正因为这分量,所以人们也就格外慎重;但这慎重之中,有时也颇有些其他意味。

正史上没有"日本"两个字。这是因为当时还没有这样的称谓。有人说"瀛洲"和"蓬莱"不过是现在的"蓬莱"和长山列岛一带。如此一来又大大低估了徐市一干人马的能力。从第一次受命出航到后来的两次(三次?)出海,徐市率一大群"百工"(当时的精英)竟然就一直在沿海的几个岛上打转。这是多么荒唐的判断。

也有人说是去了今天的朝鲜半岛,特别是济洲岛一带。不错,朝鲜及济洲岛今天仍有关于东渡的传说和遗迹,但这仅止于徐市一行路过、滞留,辗转去日本的故事。济洲岛大概算不得"平原广泽",而朝鲜半岛域连大陆,徐市胆子再大也不敢在此"止王不来"。

胶东半岛一带的人,大约有多半从小就闻听了徐市传奇。这是一种什么力量?正史之有力,是因为文字有力;可是心史在许多时候却更为有力,因为人心是扑扑跳动的、不灭而鲜活的。人心与文字的不同之处是它既不能烧毁,又能通过无数颗心而战胜遗忘。

从古黄县一些村落地名看也颇有启示。"登瀛村",这不是个轻易可以诌出的名字;"士乡城""徐乡县""徐乡城",都是历史上的真实名字,它们都与徐市东渡有关。徐市以采药为名带走的"士"可谓多矣,"士乡城"则是他们的集结地。而据《齐乘》记载,以"徐乡"命名的

纸与笔的温情 | 043

县和乡，都是因为徐巿求仙名声大噪而得。

另外，在河北省有"千童县"，在山东胶南县有"沐官岛"。两个地名分别表示了徐巿当年纠集三千童男童女、出航前实行斋戒的情形。还有不少类似的地名与场景，它们都散在山东和黄河以北许多地区。

佐贺

日本佐贺是座美丽的城市，南海北山，站在金立山上往南一望，不由得就要慨叹一声：好一片"平原广泽"！这儿今天每每被誉为徐巿的登陆地，最早抵达的一片阔土，一直享有独特的光荣和自豪。这儿有许多人自认为是徐巿后裔，并且有非常强烈的寻根情绪。几年前，因建设施工发现了一处古遗址，经判定为秦人渡泊之地，并且也是秦人文明在日本本土发扬光大之地。此遗址目前因各种原因仅发掘出一小部分，但已是蔚为壮观，规模宏大。遗址所在地吉野很为自豪，并且认为这一发掘，使徐巿登陆的"佐贺说"更为固牢。

我在一个酒会上遇到一个医生，当她得知我是中国人之后，马上神秘而激动地在我耳侧说起了什么。我没法听懂，她就在纸上费力地写下了这样一句话："有人要搞建筑，破坏吉野遗址，让我们一起保卫吧！"我看了很感动。但我自知自己远没有这样的力量；我十分钦佩她的激情和勇气。比起她来，我得承认，我和我们的激情差了不知多少倍。她的举动正是应了我们中国人常常说的一句话，叫作"知其不可为而为之"。我只能在纸上写了一句不像样子的但却是很真诚的套话："欢迎您到徐巿故里——中国去！"她举起来对在眼上逐字看了一遍，泪水立刻涌了出来。她紧紧地拥抱了我。我觉得她的举动淳朴动人，包含了无尽的内容。

一个晚上，当地徐市协会为我和我的朋友开了个很大的欢迎宴会。这足够隆重和排场，出席者不仅有协会的主席，有政府官员，而且还有重要的艺术家和历史学家。他们大多是被一种情结给盘住的人，有一种看看老家人的情谊在里边。我的出生地在胶东龙口，这一点在他们眼里非常重要。

商人以及官方人物不能说一概纯粹到何等程度，他们也重视直接利益，所以宴会上，他们与我交谈了一会儿之后，马上提出要卖梧桐，并且不再怎么热衷于谈论徐市了。但一般的市民和学者却始终只有一个话题：徐市与日本、徐市与登陆地佐贺……

第二天，在诸富町官邸，待客人落座后，主人马上端上一盘糕点，每人一块。糕点的名字叫"徐市长寿糕"。后来才知道，在此地，类似的以徐市命名的小商品还有许多，如"徐市茶""徐市酒""徐市香"等等。

佐贺有一个能干的女人，她是一家著名糕点铺的老板，同时又是徐市会的积极参与者。她对自己即是徐市的后人、"渡来人"这一点，从未怀疑过。她的店出产的所有糕点都与徐市有关，如我们在官町里吃的"徐市长寿糕"，就产自她的店中。她的糕点多做成船形，以表示对徐市那一次远航的纪念。我们分手时，女主人又赠给许多美味糕点。

诸富町官员兴致勃勃地把我和朋友引到一个地方。开始不甚明白，后来才知道他们要让我们参观一处新建的文体活动馆。这处文体设施的建筑规模属于中型，但设备较好，管理也非常先进。我们站在大厅里犹豫时，主人按动一个按钮，正中的大舞台上徐徐降下一个巨幅挂毯。原来上面的图案就是"徐市东渡图"。这个大挂毯漂亮异常，问了问，是主人一年前向中国济南地毯厂定做的。

佐贺有关的徐市景点多得不可胜数，由于时间的关系，我匆匆看过，还没有看到其中的十分之一，已经花掉了差不多一个上午。给我深刻印象的有徐市所植之树，徐市登陆后开凿的第一口井，徐市登陆时领航的"浮杯"地，徐市祠……这些地方都得到了很好的保护。

徐市协会一类的机构，在日本民间有五个左右。这些组织都积极开展活动，并有许多人在著书立说。几乎所有纪念地附近的店铺里都摆有这一类著作，印制得非常精美。我至少看到了三四份以徐市为主题的专门性刊物。

值得一提的是佐贺有一个建得很漂亮的"徐市宫"，宫内有大量关于徐市事迹的介绍，图片文字甚至电视动画一应俱全。

日本人说，在境内古迹最丰富、最能显示其文明和历史的，就要数佐贺了。而佐贺给人最深印象的，就要算与徐市遗迹连在一起的一切了。为了提醒后人从何而来，佐贺每隔五十年就要举行一次声势浩大的祭祀活动，在长达一个多月的时间里，登山、演艺，参加者几乎包括了全部市民；而一系列活动的主题只有一个：纪念徐市。

新宫老人

新宫市是一个很小的城市，地处熊野川两岸，属和歌山县。正像我们所知道的一些美丽小城往往独具魅力一样，这里也是一个极好的游赏之地。新宫人引以为荣的仍然是徐市——他们一致认为徐市是从新宫的海湾登陆的，而且言之凿凿。走在新宫街头，不时可以看到以徐市命名的旅店和茶馆之类。在一个如今已淤得浅浅的海湾一侧，立有一个"徐市登陆纪念碑"。新宫市最高的建筑可能就是"徐市宾馆"了。还有，这个小城建有富丽堂皇的"徐市公园"，内有千余年前甚至更早时候的古碑、铭文、徐市墓等，也有最新的纪念物，如中国龙口市专程从国内运来的"徐市东渡故事浮雕碑"。此处公园现在的地位已与该市著名文化旅游景点如浮岛森林、佐藤春夫纪念馆、新宫古城遗址等齐名。

好客的新宫人当中有一个老人让我不忘。他叫奥野利雄，陪了我和朋友全程，而且每一个参观景点他差不多都跑在了最前边，为我们作介绍时，总是声音洪亮、清晰，而且底气充足。他看上去面色红润，双目炯炯，腰板挺得笔直。我一直认为小城空气清新，而且这里的人又善保养，老人一定有七十左右了，仅仅是看上去六十左右而已。因为在日本我多次遇到这种例子。

一次宴会上我忍不住问了一句老人高寿？老人答："九十四岁。"

座前的中国客人全都惊得不语。这样停了大约几秒钟，有人才开始询问老人长寿的秘诀。老人答：因为我生活上多多注意啊。"怎么个注意法呢？"老人又答：七十岁以前不论，七十岁以后就要按时休息了。"怎么'不论'呢？"老人解释：不论，就是干什么都不在意，比如吃和玩、劳动等等，不论怎样都不去管它，就是说随便了。大家大笑。

现在奥野先生的全部精力和热情都投放在与徐市有关的事业上了。他曾出版有徐市研究的专著，在该领域内具有深刻影响。在他和许多日本人的眼里，几千年前的一位中国人，历尽艰辛远渡重洋，为处于石器时代的日本送来新的文明，这该是多么了不起的一件事。此事的重要性无论怎么估计都不过分。这是一个遥远却的确发生了的伟大事件。

在交谈中我在想，如果连这样的事件都不能唤起我们的热情，那么人类也就太卑微了。人类的激情、一个民族的激情，主要就表现在对待自身一些巨大的隐秘方面，表现在对其追寻和拷问的力量与热情到底有多么大。而对徐市东渡这样一个历史大事件，一个无动于衷的民族才是不可思议的。

在日本期间,在热衷于这个事件的一些人那儿,我总能感到徐市之谜在折磨他们。这是一个多大的谜。此谜关系到一个民族文明的来源和走向,不能不引起一个民族的好奇心。奥野老人是热情好客的,这一点与其他人并无两样,但是当他肃穆起来的时候,神情还让我有点费解。我想说的是,好多日本人都有这样的神情:他们在热情接待客人的同时,还会让人感到有什么其他的东西压在心底,此时正在泛起、缠住他们。奥野老人在那一刻的凝神让我不解。后来我觉得这神情中,起码有对那个古人的迷茫与敬畏,有阵阵袭来的矛盾和惊奇……这样一些复杂难言的情绪。当然,这也完全有可能只是我的臆测。

在新宫,对徐市有兴趣的,更多的是六十岁以上的人。在其他地方也差不多。在中国国内也是这个情况。这很有意思。大概一个人只有上了年纪,才有关心重大事件的能力和智慧。这是人生经验给予他们的。在漫长的人生道路上,一个人会慢慢悟出生命的真谛。新宫人与其他地方的人有些不同的,大概必会包括对徐市的特殊情怀。日本人不可避免的常常就是一个"中国结",这是无须多言的。此结当然有地理因素,更有来自文字、语言、习俗等文化方面的渊源,而在这一渊源中,徐市的分量也就可想而知了。

新宫很小,但她很自豪。这儿出过有名的作家佐藤春夫。奥野老人一路上向我们讲了许多作家小时候的事情,一边更正我们的一些误解。比如我们原以为保存完好的佐藤春夫纪念馆是作家生前留在新宫的故居,奥野告诉我们:这是新宫从东京原样"复制"过来的。原来这是作家后来定居东京的一所楼房,屋内的所有陈设,包括屋子周围的一草一木,都按东京故居的模样一丝不差地仿制下来。这当然颇费功夫,但也唯其如此,才圆了一个新宫人的梦。他们对徐市之情,比起对佐藤春夫来,大概是有过之而无不及。

熊野

熊野作为又一个徐市登陆地、徐市传说盛行之地，引起了我的极大兴趣。这儿与佐贺和新宫一起，构成徐市三大登陆遗址。由于历史的茫远，我们当然已无法弄清哪一个地点才是徐市当年的首选。因为我们无法仅从海湾的规模和地理位置去做一简单的推理和判断。当年的实际情形必定要复杂得多。这里面有风向水流、当地人文、地理概念……诸多制约，诸多决定因素。

徐市是否在其中一地登陆，大约可以有如下几种情形。一是徐市不止一次踏上日本本土，而每一次的登陆地点又不尽相同，这就形成了多处登陆地；二是庞大的船队经过了长达几个月的海上征途，不太可能秩序井然地一次性进入一个港湾，这就迫使他们的船队分别寻找一切可以停泊之地靠岸生息；三是徐市的船队从一个地方上岸之后，还有可能经过一个阶段的休整，然后再驶向其他岸段。这种寻找是再自然不过的事情。所以说以上的情形只要具备一种，也就成了一处徐市登陆地。于是我们有理由认为：传说中的徐市登陆地都有可能成立，而且更有可能的是，真实当中的登陆地点远不止现在传说中的这几处。

熊野葱绿的山下那深深的海湾，真是天然的优良泊地。只要一眼瞥去，一个人就不会忘记，就会在心中默念：是的，一支船队必会在这儿停靠，他们找到了一个多么好的地点；船队停靠之后，由于左右侧都是山麓，就可以安稳避过风浪。通向海湾的是一处山凹，登陆人可以很容易地踏上山凹。站在山凹往北看去，就是熊野川两岸平原了。

人们都知道徐市东渡的名义是为秦始皇采长生不老药。许多人都曾问过：此药到底是什么？今天看这种药当然只会是一种传说和臆想，但在当年却极有可能是一种实指。即便为了欺骗秦王，徐市也要指认一种草药。而在熊野，这种"长生不老之药"到底是什么却从来不成问题。熊野人当中有许多都能毫不费力地指出它。出于好奇，我让他们专门到山上指点过。原来是一种树，很高，很茂盛，像中国南方的乌桕树。他们说当年的徐市就是采集这种树的叶子。

就在所谓的一大丛"长生不老药"旁边，有一处非常陈旧的"徐市神宫"。这是一座木结构小屋，小到了不能住人的地步，可是熊野人固执地说这就是当年秦人登陆后所建的栖身之所。这实际上只是一个神龛，供上山的人求拜祭祀。

至于说秦代有人由熊野港湾登陆，这已是确定无疑的事情了，因为海湾附近不止一次挖掘出齐钱币和秦半两钱，这当是确凿的证据。

熊野民俗馆中有"徐市登陆"动画片，十分生动地再现了千古壮举，我极想复制一份，可是管理人员抱歉说有关规定不允许这样。我只能遗憾地离开了。

黑瘦青年

在国内曾接待了一位我的作品译者。他长得黑瘦，但双目炯炯。其工作的认真执着使我感动。我觉得他身上有许多东西值得我学习。当我与他谈起中日两国多年来的徐市研究，他立刻沉下脸来。这样停了一会儿，他又不屑地咕哝道："什么徐市研究，在日本那儿都是闹着玩的……"

我参与徐市研究工作十年，接触了大量日本的中国史专家以及徐市学会的人，对他们的认真与专注、对事业的身心投入态度还有一定了解。我无论如何不能同意他的说法。但是转而又想，这位译者毕竟是日本人，而且平时言必有据，不苟言笑，他的话我当重视。但是一个疑问从此在心中种下，让我久久不忘。

在日本了解徐巿研究情况，无非是从两个方面：民间传说的广度；学者的研究。前者不必多说，我觉得在一些传说集中的地方，比如佐贺、新宫、熊野三地，其热情及民众熟知程度都远远超过了中国国内；而在学者那儿，一些著名的中国史专家都参与进来了，他们为一些徐巿研究专门杂志撰写了大量文章。这里要多说一句的是，无论是日本，还是韩国，他们的专业徐巿研究杂志都印得非常漂亮。

这一切不能说是闹着玩。尽管有些外国人富裕到尽可以奢侈，但如果说他们在拿徐巿研究来玩，这大概会惹怒许多日本朋友。

日本人的认真、对事业的投入是有目共睹的。他们就是依靠这种精神，使一个资源贫乏之地变得繁荣昌盛。他们的劳动以及劳动态度是了不起的。以这位翻译朋友来说，他为了使自己每天都能有新鲜的思维，为了有一个强健的体魄，每个星期起码要骑山地车两到三次，每次行驶一百公里以上。这真是了不起的毅力。像他一样的人怎么会以学术研究"闹着玩"呢？

有一次我正和他一起吃饭，他突然抬头问了我一句："你们为什么突然对徐巿这么感兴趣？"

我想了想，回答说徐巿是一个了不起的人物，他是一位伟大的航海家、像哥伦布那样的探险家，还是一位友好的使者、人类文明的传播者。面对这样的一位人物，我想我们对他的兴趣也就非常好理解了。他听了只是一笑。他不信我的话。后来停了一会儿，他突然说了一句：

"徐巿根本就没有到过日本！"

我问他证据是什么？他不屑于回答，好像也不能回答。从进一步的谈话中我才知道，他从来就没有研究过徐市。那么我的结论也只有一个了，这就是：他本人并不希望有一位秦人，更不用说一个庞大的船队在石器时代到过日本了。

但事实是，不仅是中国首屈一指的正史《史记》中有明确记载，而且日本本土也不止一次挖掘出秦人文物。如果不是徐市，那也会是其他秦人登陆。这是确定无疑的，日本的杰出学者们从不否认。在日本，我所接触的人中，没有谁对徐市抵日产生过怀疑。日本学界从来就将《史记》当成他们依据的重要历史著作，奉为他们心中的"信史"。

船队途经济州

徐市当年的船队途经济州岛，这已经是不争的事实。韩国时下的徐市研究会，即设在济州岛。出于对徐市、对那个亚热带美丽海岛的向往，我和朋友们又经汉城飞往济州岛。

由于几千年前航海技术的局限，一个庞大的船队不可能直接穿越海峡，而只能沿胶东和辽东一带岸线，特别是近岸岛屿行驶。船队在济州岛休整，补充淡水，可能是最佳选择。目前济州岛上还保留有西归浦、正房瀑布、朝天邑等与徐市有关的遗址。一些石刻已被海潮淹蚀，但过去有人做的拓片还保留至今，如"徐市望日出之地""徐市过此"等等。

济州岛真是一个美丽的地方。此地古代为"耽罗国"，一直到了高丽时代还仍然保持有独特的文化。公元1105年，耽罗隶属于高丽的一个行政单位，再后来的一百年时间内一直在蒙古人的统治下；1402年，耽罗国的城主和王子并入朝鲜朝廷，从此结束了耽罗国。1946年8月行政区域升级为"道",现有两市、两郡、七邑、五面。它位于韩半岛的最南端,是北太平洋上最大的岛屿,共由 60 多个岛屿组成,其中 3 个有人岛。该岛总面积近两千平方公里,人口近六十万。这里属于温带海洋性气候,四季分明。最高的山为汉拏山,积雪深春不融。

十月间,我在这儿看到了一片片的菠萝园、柑橘园,看到了茂盛高大的仙人掌科植物。最难忘的是徐市会负责人陪我们去正房瀑布的路上。我们高速驱车近一个小时,才穿越一片蓊密的树林。林中红叶艳丽,有名的"古薮牧马"就在林中自由奔走。各种野物的鸣叫此起彼伏,飞鸟在路旁枝丫上长尾翘动,做着有趣的平衡动作。现在这里已被确定为国家森林公园。

正房瀑布位于西归浦海岸,是一道直接落于海中的长流,高达 23 米,宽 8 米,水沫形成彩虹,波涛声如雷吼。传说当年的徐市直赴济州岛,一开始误以为此地就是有"仙人居之"的瀛洲。徐市在此地采药不得,于是才由此启程远航日本,临行前在正房瀑布刻下"徐市过此"。这些字迹已被海水蚀去,所幸已经有人留下了拓片。如今因为徐市传说的缘故,许多人远途而来,只为接一口水喝了长寿。

想想当年徐市在这个岛上遥望远海,该有怎样的心情。此地虽远离暴秦,却远非一个高枕无忧之地。此地离大陆东岸还嫌太近,欲要"止王不来",这里不能长治久安;欲要"平原广泽",这里还嫌狭小。于是他只把这里作为中转站,驶向了更其遥远的"瀛洲",并且一去不归。

日本学者说

我认识的日本学者都是非常认真的人。他们从不搪塞,遇到事情非常之执着，非一气穷穿而不能停止。

以羽田先生为例。羽田先生原先是一个实业家，后又转向中日古史研究，出版有关于秦汉史及日本弥生时代研究的重要著述。他姓"羽田"，在日文中发音为"秦"，古史研究者一直认为有"羽田"姓氏的皆是"渡来人"。羽田一直把自己看作徐市的后人。羽田先生从追寻自己的血脉隐秘开始，在徐市研究方面愈走愈深，花费了许多心血。他出版的一部重要专著就是《弥生时代的开拓者——徐市的故事》。此书写得不仅严谨，而且读来非常具有趣味性，引人入胜。

羽田先生个子不高，戴一副眼镜，不苟言笑。他多次因徐市研究来中国，先后到过江苏和山东沿海许多地方，接触了大量中国秦汉史专家。他特别钟情于"山东龙口里籍说"，一次次在龙口莱山、乾山、黄河营古港、士乡城遗址等地寻查。他每到一地都作大量笔记，甚至采集当地植物以用作与日本本土植物对照。我与羽田先生见过十几次面，大约只看到他笑过一次。

羽田先生在日本是一位成就卓著的研究者，他关于徐市东渡、来日本后的传说与事迹考，都在很大程度上影响了这方面的研究。他的足迹抵达日本的山山水水，只要是与徐市研究有关的地方，都要细细考察一番。

他说日本有许多自我推荐和他人推荐的徐市子孙。如果按古代资料看，那么只有富士山北麓和熊野才有徐市子孙。五代后周时，日本僧人弘顺来到中国，对僧人义楚说："徐市他们住在日本的富士山麓，现在的子孙自称秦姓。"义楚后来就把这段话原原本本地记入了《义楚六帖》中。在江户后期，甲府勤番统治者松平定能奉幕府之命，编纂了《甲斐国志》，上面写到："（徐市）他们以后改名为羽田，居住在川口、吉田从事师职。"这本书使定能花费了九年时间，全书共124卷，而该书资料之全，记述之正确，在地方志中算是代表作之一。书中说的吉田和川口就是富士山的北麓。而"师职",即御师,富士吉田市至今仍设有此职。在此书中,义楚已非常肯定地说:"富士山又叫蓬莱山。"这个叫法显然是从中国传去的,是地地道道的中国叫法。

在熊野,关于徐市的后人,新井白石的《同文通考》中这样记载:"现在的熊野附近有个叫'秦住'的地方,据当地人传说是徐市的故居。距该地七至八里处有个徐祠(新宫),其间有古墓,古迹至今尚存。这里既然有秦的人,那么他们之间的来往也是必然之事。"

比起日本的学者来,日本的普通老百姓对徐市的信仰要广泛得多。如果说学者中尚有怀疑者,那么民间的怀疑者则要少得多。这是因为徐市故事的流传既广且深,更因为"心史"难移。

说到流传之广,羽田先生一一举例:

一、纪伊半岛的熊野地区。熊野自古以来就有徐市的传说,但传说形成大的势头则在平安时代到镰仓时代。我们最初可以从公元1075年的熊野别当长快的后记和熊野权现的起源中看到蓬莱岛和徐市庙的记载。江户时代纪州的藩祖十分信仰徐市,他曾向速玉大社敬献了一幅《徐市来熊(野)图》,还特别指示建造徐市墓。这种做法一直为历代藩主所继承,如后来的藩主还建有徐市表彰碑等,碑文长达770余字。

二、京都府与谢郡伊根町。该地传说徐市在此登陆并引导当地人从事生产,被推为邑长,为当地人所敬仰,死后被封为开拓之神。祭祀徐市的神社具有一千年以上的历史,人们一直把他作为海上安全和渔业之神,同时还把他作为治病救难之神。最值得注意的是该神社的正东有两个岛,叫冠(衣)岛、沓(鞋)岛,传说中徐市由此成仙而去,遗下了衣服和鞋子。

三、佐贺县。江户后期的学者赖山阳曾经站在佐贺眺望西海,吟诗道:"是云、是山、是吴还是越……"此地与中国江南地方隔海相对,仅 380 海里。唐代大中元年六月二十二日，著名航海家张支信仅用三天的时间就完成了这个航程。当然，当年的徐市却不是走了这条航线，那时也不具备这个条件。他更有可能是沿山东半岛沿海转行，这样才符合一点实际情况。佐贺诸富町的两个神社都祭祀徐市，两个地方都赞颂徐市家耕与养蚕，以及医药之德，每五十年举行一次盛大的祭祀活动。此地金立山脚下的遗址，仅弥生时代的遗址占地就有 3 公顷，而中后期的遗迹占 40 公顷。

四、鹿儿岛县串木野市。这个地区的徐市传说中有一个根深蒂固的观点，认为这里断定的徐市登陆地为浮杯。这里至今竖着一根标柱，上写"徐市登陆地点"。传说徐市登陆后暂住附近的冠山，并随即举行了封禅仪式。徐市在仪式后把自己的玉冠留在了山上，所以此山得到了这样一个名字。后来他离开此山，来到紫尾山，在山峰上摆满了紫色的带子，紫尾山因此得名。后来串木野市为了报答徐市之恩，在衣冠山上建造了中国式的庭园。另一方面，冠山的熊野权现是素盏鸣尊，他是从中国东部沿海渡到日本的东夷英雄人物，已无争议。

五、富士北麓。江户时代的《富士山北口记》中这样记述："徐市一行在巡视熊野以后，到达尾张的热田，从此开始走遍各州，最后在富士山麓定居。"也正因为徐市一行是乘船而来，所以从熊野到富士山一带的太平洋沿岸都有徐市传说。富士山北麓离海有 20 公里，必有其他登陆地点，可测的有静冈县清水市三保松原一带。北麓的羽田是个大姓，仅富吉市就有 400 家。近郊的一些部落，羽田姓占了一半以上。更令人吃惊的是，在这些姓羽田的人中，有人还拥有徐市一行带来的印章。吉田市每年都举行徐市祭祀活动。

…………

此文不觉中已长。且让我以一首古歌来作结吧。

这是宋代文学家欧阳修和司马光的文集中都载有的一首著名歌谣，

名曰《日本刀歌》,歌云:

> 传闻其国居大岛
> 土壤沃饶风俗好
> 其先徐市诈秦民
> 采药淹留丱童老
> 百工五种与之居
> 至今器玩皆精巧
> ……

1998 年 3 月 24 日

从沙龙到小屋

这次从中法文化年的"巴黎图书沙龙"离开,受马赛大学汉学家杜特莱先生邀请,与朋友一起去了南方。大学的学术活动安排不紧,这正好与巴黎的情形相反。我以前来法国时,只在巴黎和里昂、里尔几个地方转过,并未深入美丽的法国南部——普罗旺斯地区。这里的清新自然与繁闹的巴黎相比,真是另一个天地。有过几天图书沙龙上的经历,南方让人产生大舒一口的感觉。

法国图书沙龙虽然没有法兰克福书展浩大,但也够吵够闹的。这里是张扬和卖的地方,一万个嘴巴在嚷,这对于安静一隅著书的作家来说实在不是个好地方。在书展期间,我们作为"主宾国"的被邀作家分批上场,有时每人一天要有两三个活动,演讲、座谈、解答、见面,累而无趣。思想和艺术之类一旦化为商品,最尴尬的又会是谁呢?

我在这二十年的时间里断断续续参加着一些"国际文学活动",邀请方大半是文学出版界和其他文化机构。即便在美好的交流中我也没有感受到多少真正意义上的"文学"。在西方,作家与出版者、出版者与读者之间,早就是卖方和买方的关系。一种成熟的文学商品市场以恒久不变的规律运行着。几个执着的作家,不要说弱势的东方作家,能够改变这种现状吗?西方与东方一样,南方与北方一样,最好卖的从来都是同一种东西。这些是不会变的。世界上任何一个地方——不,在拥有长久资本主义传统的西方,在商品经济的发达之地,"卖"字只会叫得更加响亮。

杰出的作家迅速被市场接纳的机会少而又少,偶有接纳也不会让其幸福个半死。像我的朋友一样,他们在任何情形下都是平静的,市场只是他们的目击物。在物欲横流的世界上,杰出的作家在世界范围内都会是"异类"和"陌生人",所以当一个民族的作家寄希望于另一个民族时,常常就会发生一些最无聊最幼稚的事情。世界上也许再也没有比让文学"走向世界"的呼号更可悲可笑的了。文学是心灵的激越和沉寂之物,是一部分人的生命冥思,有许多时候其境界和情致是难以言喻的,又怎么会变成体育赛事那么简便和易于操作?

在文学商品之河里,如果是出奇的下流与尖叫,也许一夜之间就会"走向世界"。

如果不是,如果哪怕稍稍含有一点真正的个性与美,那么就极有可能等到"一千零一夜"。

但在所有的夜晚里,写作只是作家本人的粮食和茶。他们不会大胆奢望自己的劳动会成为一个民族的粮食和茶,甚至连小点心都不是。但这仍然不会使写作者绝望,仍然会使他们感到幸福。然而也仅仅是拥有这种幸福的人,才有可能给未来和人类提供一点点食品。

美丽的普罗旺斯郊野上我们看到了什么?有不绝的绿色,起伏的山岭,有每个春天都适时而至的花团锦簇。但这会儿在我眼里最美的,是隐于山野的一幢幢小屋——它们大半很小,小到了不经指点就会被忽略的地步。可是啊,这些小屋一旦被指认就会让人怦然心动,就会发出奇异的光。

  山坡上，丛林中，偶有褐色黄色的石屋，一问，是画家塞尚、毕加索、哲学家海德格尔……的故居。除了毕加索的居所是大的，其余都不太起眼。如今它们沉默地诉说，潜隐地炫耀，质朴地光荣。这些远离尘嚣的居所使他们在当年尽可能地保护了自己的生命力，伸长了对于整个世界的悟想，创造了无与伦比的思想和艺术。

  这样的小屋多么适合享用自己的粮食和茶。塞尚当年怀着一个理想，从外省到了热闹的艺术之都巴黎。但他的作品从来也没有挤进过官方沙龙。四十岁上，塞尚干脆回到了南方，住进了这样的小屋之中。从此，那些闹市的浮华、可疑的潮流、追逐与攀附，更有不被人欣赏的寂寞与苦境，统统被驱到了天外。它们一起消逝了。

  伟大的塞尚，今天我们从巴黎的图书沙龙跑出来，站在春风里注视你的小屋，竟忘记了你是一个享誉世界的人。

2004年4月9日

筑万松浦记

我一直想找一个很好的地方,在那里做一点极有意义的事情。是什么事情还不知道,但我想它要能足以引起自己的长久兴趣。当然,它对许多人来说都应该是极有意义的。它的整个过程还应该是朴素的、积极的。它要具有相当长的生命力,并且在未来让人高兴。它还需要由许多人以各种方式去参与,而不是被许多的人去索取一空。它从一开始就将拒绝那些只想到索取的人。

小岛对面

在龙口市的北部,渤海湾里有两个小岛,桑岛和依岛。桑岛上有八百多户,有松树和槐树林,有灯塔和礁石。这是个很美的岛,关于它的传说很多。其中有一个传说与它的命名有关,说的是秦代的智慧人物徐市（福）被秦始皇遣去东瀛寻找长生不老药，行前曾在岛上种植桑树，养蚕织造。徐市后来带走了很多人，包括史书上记载的三千童男童女、五谷百工，当然也少不了各类智慧人物。他这一去发现了日本列岛，高高兴兴过起了独立王国的日子，再也不回来了。这就是所谓的"止王不归"，整个的事件记录在中国的信史《史记》中，可见已不是传说了。

桑岛之名的由来倒是个传说。不过如今岛上已没有大片桑树，也没有纺织业，只有其他林木，有发达的渔业。从南岸去岛上有十几分钟的水路，这是指现代客轮的速度。我在中学时坐了木制机动船去过一次海岛，大约花了二十分钟。那一次我在岛上待了一个多星期，住在同学家里，尽享岛上新奇。进岛前站在南岸看一片海雾中的葱绿，如同仙境；进了岛，则不停地往南边的大陆遥望了，望到的是一片无边的林木，林木前镶了一道金边，那就是海滩了。

当年桑岛上的房子都是一种黑色岛石垒起的，屋顶覆以海草。岛的四周永远有鸥鸟环绕，正像岛的四周永远有扑扑的水浪和细细的沙岸一样。它的西北方，仅仅二三华里远的地方就是那个依岛了。如果把我们脚踏这个岛比作地球，那么依岛就是月亮，不过它不会绕桑岛运行罢了。我们当年极想去依岛上看看，可是没有船。因为小小的依岛上面没有人烟，而且与桑岛之间隔开了一道湍急的暗流，据说除非有第一流的驾船技术才能渡过。渔民介绍说，依岛上过去只有一幢小小的茅屋，那是为躲避风浪的渔人准备的。一旦来了大风不能及时赶回，捕鱼的人可以就近靠岸，并在小屋中歇息下来，里面总是有常备的水米。如今岛上空空荡荡，一派灌木白沙，风景秀丽。一大群野猫成了这里的实际主人，据见过的人说它们靠吃水浪涨上来的小鱼小虾之类，个个长得干净强壮。

今天，这两个岛对于城市人来说已是旅游观光的最好去处。但要在岛上长期生活下去，要做一点想做的事情，似乎还缺少点什么。我去了岛上，像过去那样向对岸的陆地遥望，再次惊讶地盯视那片无边的葱绿。我的心头涌起了一阵感动。正对着这个小岛的是绵长的沙滩，茂密的树林。

那里与人口繁密的小城相距二十分钟的车程。

港栾河

有许多天，我一直在小岛对面的那片海滩上徘徊。这是一片真正迷人的沙岸，洁白到了无一丝粗粝和污迹；碧蓝的海水，退潮时露出五十多米的浅滩。这里没有鲨鱼出没，是天然的优良海水浴场。更为可贵的是它背靠了一大片松林，大得足以可以藏禽隐兽，一眼望不到边，只听到鸟声不断，与近海翩飞的海鸥遥相呼应。与海岸交成直角的是一条古河道，叫港栾河。河的上游源自南部山区，很早以前与曲折密集的山下水网相连，接受丰富的山落水，水流量终年很大，这由古河道的宽大壮观可以看出。河的入海口有古港遗址，而今的小旅游码头就建在遗址右侧。

像许多古河道一样，如今的港栾河也在时间里萎缩了，充其量只能算是一条中小河流。但好在它还有辉煌的历史可以留恋。它的下游建有不止一个村庄，可以说它们都拥有得天独厚的地理条件。河中有鱼蟹，它有别于海鱼海蟹。入海口有洄游产卵的鱼类，所以每到了四月春阳照耀时，浅海里到处都是捕捞鲈鱼苗的男男女女，他们将把一个春季的收获卖给淡水养殖场。河道里有茂密的蒲苇，河堤上有高大的槐柳。由于古河道淤积土深厚肥沃，所以河两岸的树木比其他处茁壮得多，夏秋里看去真是冠盖相连，如雾如峦。槐柳与成片的松树相依衬，形成了另一种风韵。槐柳的碧嫩与松树的墨绿相间，层次错落；冬天和秋末松树浓绿依旧，槐柳则剩下了裸枝。槐的苍枝和柳的红条在绿色中闪烁，该是画家们的向往之地。

  走在河岸上，就会把海浪的噗噗声遗忘，耳廓与视野全是淙淙水流。青蛙和鲫鱼在水中窥视，它们以漂亮的翻跃引人注目。有咕咕声响在密集的荻草中，不是水鸟就是穴中动物。这条河的珍贵在于它在许多时候为林中的鸟兽提供足够的淡水，如今堤岸下到处可见一溜溜小兽蹄印，可以分辨的有兔子、刺猬和獾之类。也仅仅是十几年前，河两岸还有狐狸出没。

  人们的传统居住理想，就是尽可能在河边筑屋，做所谓的"河畔人家"。而眼前的情与境何等诱人：海岸林中河边，三位一体。更为难能可贵的是，这里离那个去海岛的小码头仅有一华里之遥，安静便利，却没有喧闹。除此之外这里还有历史掌故，有传奇，有静下来即可听到的古河的哗哗之声。

万亩松林

  最为诱人的还是这片无边的松林。准确讲它有两万六千亩，主要是黑松。据说这种松不易见到一万亩以上的面积，所以说眼下的规模实在可叹。它的形成是漫长的，除了原生树木，再就是依靠了人工种植。大约四十年前有一场浩大的造林活动，出动了万人营造沿海防风林，是这样的日积月累才产生了如此伟大的造就。苍茫海滩上的原生树种有小量黑松，其余就是一些灌木；乔木类有白杨、槐树、榆树、小叶杨、橡树和柳树。当人工松林于四十年后蔚然壮观之时，原有的大树就显得苍老豪迈了。它们间杂在一片林海中,是树木的尊长,是自然的智星。

有了不同的树种,有了偌大的面积,也就有了丰富的大自然的内容。我们今天的人对于大自然的蕴含越来越陌生了,简直是十分隔膜。关于一些动物的故事,我们仅仅是从书中特别是从动画片上获得。我们还不习惯于发生在眼前的、身边的动物故事。我们知道动物的故事通常主要是发生在大面积的林子中,它们比起家里和动物园中的动物,会是完全不同的。

我走进这片松林,愈走愈深,竟有两次迷失了方向。从河的左岸向西向南,会走向它不测的纵深。林深处一片呜呜响起,这就是无时不在的松涛了。只要稍有一点风,就有这低沉浑厚的声音,但是如果有大风吹起,林中又是最好的避风之地。

随着往前,林中空地上出现了小动物的劫痕:散羽和断蹄,凌乱的兽毛。这里有隐下的猛禽,也有食肉四蹄动物。抬头寻觅,最常见的是红足隼和雀鹰。我们马上想到的是厮杀,是弱肉强食。在无声的嘶号中,在一时安静得出奇的林莽间,一低头就是零散的羽毛,再就是黄色的小花,是小蓟与荠菜,还有草丛树下探出的蘑菇圆顶。在林中行走随手采下蘑菇是一件快事,那是毫不费力的收获。这里最多的当然是松蘑,还有杨树蘑和柳树蘑,都是最受人们青睐的美味。如果在春天,林中的松脂气味正浓得化不开,更有槐花的清香、满林满地杂花野草的熏蒸,人走在里面真像一场特别的沐浴。我与朋友在林中仅仅走了半个小时,鞋子就被花粉全部染成了黄绿色。那时各种不知名的飞禽成群掠过,云雀在高空欢唱,野鸡在深处鸣叫。我们惊扰最多的是野兔,它们有许多次被我们同时惊跑了三两只。鸟窝遍藏在深草中、树丫上,有时一不小心就会惊起正在孵蛋的鸟儿。

无论是雨天雪天,进入这片林海常常都会有一种享受。林雨淅淅好,大雨怒吼也好——它别有一种气势,让你在稍稍惊异中领略许多。你会看到各种动物在雨中的姿态,树与草在洗涤中的欢快。脚下是刚刚润湿的沙土,是一簇簇顶着满身珍珠的绿叶。当然最好还是淅淅小雨,那时会有一种绵绵不绝的低语伴随着你的行走和深思。不过大雨滂沱是骤然而至的,这时我们就再也不会忘记闪电的颜色,记住在万木丛中急速穿行的风雨之声。在冬天,当踏着雪后的林地,会惊讶这里奇特的安静和干净。只要走动,脚下就响起无法形容的雪的声音;此时围拢在四周的全是清冽的脂香。林子在冬天变得幽深和优雅,树隙的天空闪烁新的瓦蓝。积雪在这里会存留一个冬天,或者再加上一个初春。雪后只需多半天,地上就是叠起的一个个小兽蹄印了,是它们留下的一些巧妙的图案。走在林中雪地辨认兽蹄是一种乐趣,有经验的林中老人能一口气认出二十多种。

走在林中,难免想象做一个林中人的幸福。可是这种打算太奢侈了。这种奢侈不可以留给自己,而应该留给更多的人。

人缘

一个情境在心中渐渐完成,这就是在栾河边、万亩松林的空地上盖一处书院。是"书院"而不是别的什么,是因为这两个字所包含的"内美"。

中国古代有著名的三大书院,如今除了岳麓,其余学术不兴。书院是高级形态的私学,起于宋,盛于唐,是中国大学的源头。现代书院该是怎样的姿容,倒也颇费猜想。静下思之,她起码应该是收敛了的热烈,是喧闹一侧的安谧和肃穆。热闹易,安稳难。在记忆里我们从来都是热闹的，不同的时期有不同的热闹。可是一些深邃的思想和悠远的情怀，自古以来都成就在有所回避之地。它的确需要退开一些，退回到一个角落里。

于是就想到找一处角落、一个地方。龙口地处半岛上的一个小小犄角，深入渤海，像是茫茫中的倾听或等待，更像是沉思。更好在它还是那个秦代大传奇的主角——徐市（福）的原籍，是他传奇人生的起航之地。港栾河入海口处的古港也曾被认为是他远涉日本的船队泊地，当然更多的人认为是离它不远的黄河营古港：东去三华里，二者遥相呼应。一个更迷人的故事就发生在脚下：战国末期，强秦凌弱，只有最东方的齐国接收了海内最著名的流亡学士，创立了名噪天下的稷下学派。"百花齐放百家争鸣"就源于稷下。随着暴秦东进，焚书坑儒和齐的最后灭亡，这批伟大的思想家就不得不继续向东跋涉，来到地处边陲的半岛犄角"徐乡县"。这里由是成为新的"百花齐放之城"。而今天的港栾河入海口离徐乡县古城遗址仅有十华里，正是他当年的出海口。

可以想见，秦代一统海内最初几年，徐乡城称得上天下的文心。

十余年来龙口人越来越多地迷于"徐市研究"，而且声动南北，呼应京津，大约几十位教授发起成立了"徐市（福）国际文化交流协会"。不说它的学术，只说这种追忆和缅怀所蕴含的一种地方自豪感，也许还有他们未及领会的另一些东西的珍贵。思想需要一种连绵性，传统也可以在追溯中慢慢建立。这个艰苦的过程已经开始并且不能停止，于是就给了我许多启发。多少年来，当地有多少热衷于文事、具有文化眼光的境界高远之士，在此不再一一列举。那将是令人感动的一长串名字。没有他们的热烈倡议和实实在在的支持，书院择址海滨河畔的意念就不会生成，更不可能坚定。

在那些令人难忘的日子里，不止一位朋友与我一起实地勘察，迈步丈量穿林过河。往往是多半天过去，面无倦容手持野花而归，谈吐间全是书院遐想。朋友即便身负重任、日理万机，也未曾把一件浪漫的设想搁于脑后，那种于俗务操劳中顽强存留的超拔的精神，实在令人钦佩和铭记。好像从来如此，一种信念和决意必须在人缘里生成，没有帮衬就不可能成功。

后来又有远城友人、海外文士抵达这个犄角。我们仿佛一起倾听了当年的朗朗书声和稷下辩论，激动不已。至此，对我来说，书院还未破土心中先自有了梁木。它是众手举力搭建的。

读书处

十余年来我一直寻找和迷恋这样一个读书处：沉着安静，风清树绿；一片自然生机，会助长人的思维，增加心灵的蕴含；这里没有纠缠的纷争，没有轰轰市声，也没有热心于全球化的现代先生。在这里可以赏图阅画，可以清诵古典，也可以打开崭新的书简。可惜这在以前仅仅是耽于幻想，而在我徘徊林中河畔之时，这样的机会总算实现了。只要带上书，携一个水瓶来到林间空地，坐上干艾草或一段朽木，背倚大树即可有一日好读。来时天气晴好，心情自然。若风雨袭来时则可奔海边渔铺，太阳热烈时会有枝丫遮护。远近是鸟鸣兽语，海浪扑扑；仰向高空，或可见一只盘旋的苍鹰。

我相信有一些好书必需自然的润释，不然字迹就会模糊不清。记得以前苦读中尚不能明了之处，一旦坐上林中空地则一概清明，进而着迷。特别是中国的典籍，那简直是由花草林木汇成的芬芳精华，除非远离现代装饰的房间而不能弥散。我与三两好友入林读书，一天下来不觉得疲累，也不感到漫长，而是于陶醉中享用了宝贵的时间，有一种最大的休憩和充实的快乐。

　　我不知道古代的稷下先生们踏上这里是怎样的情景，此地又做了什么用场。但我相信这里绝不会是林荒。因为它离一个繁荣的古港只有短短一华里，想必会有不薄的文明。时越两千余年，它的斯文不灭，仅仅是沉淀到土层而已，化为一片繁茂的绿色生长出来。我甚至想象那些稷下先生就站在此地辩理说难，手掌翻飞，一个个美目修眉、仙风道骨。总之沧桑巨变，隔海听音，丛林守护的大半是永恒的精神。

　　林中阅读的间隙少不了神飞天外，幻想起浪漫的远古。我想象那些远涉大洋的探访，琢磨《史记》上记载的那段惊心动魄的大迁徙，心中怦然。这段史实比哥伦布发现新大陆还要遥远和惊险。不知有多少次了，我与朋友在这里流连，时有讨论。有一次当我们安静下来，甚至发现了一只专注倾听的大鸟，它隐在枝叶间一动不动。这或许是两千年前的一个灵魂，是他们飞越时空的化身。我记得朋友先是一怔，接着响起喃喃诗声，连接了草木的一片窸窣。

　　在这样的时刻我们不能不又一次意识到，这种情与境在全球化的喧嚣中已近梦幻，它真的是太奢侈了。这种奢侈实在不可以独有。一种分享和转告的念头滋长起来，并在心底发出催促。我们知道，应该脚踏实地做点什么了。那种长期以来的理想和期盼正与此时心境暗合如一，让人把一个深长的激动悄悄隐藏下来。

　　多么静谧的林子，海浪都不忍打扰它了。

开筑了

　　修筑一座现代书院的心愿渐渐化为一张蓝图。书院不是研究所，也不是一般的学校。"书院"这两个字所包孕的精神和内容，或许只可意会。它在今天将是什么形象和气质，真得一个独自守持的人才能把握。当然，它不能奢华也不得张扬，只应安卧一角倾听天籁，与周边天色融为一体。静下时不由得问一句：自宋代风行的书院体制缘何由兴到衰，它宝贵的流脉直到今天不绝，其缘由又在哪里？

我知道，在一个角逐急遽同时又是极尽虚荣的时光，筹集巨资团结商贾筑起皇皇楼堂已不是难事。难的是始终敛住精神，收住心性。今天做事未必秘而不宣，却难得坦然自为。一切不仅是为了结自己的梦想，而是接续那个千年的梦想。一条栾河波浪不宽，如何载得起这么多沉重，可见须得一点一点经营、一抔一抔堆积。首先学会拒绝，然后才有接纳。砖石事小，人脉为大，有一些质朴的精神，有一点求实的作为，这样才能有一个起码的开端。

我让善绘者一遍遍描叙轮廓，让专家细心制定结构，又经历三番改动五次争论，终于有了个主意。我甚至想象，它该是顺河而下的船夫登岸歇息处，是造访林莽的远足借宿地，是深处的幽藏和远方的消息，是沉寂无言者的一方居所。朴素是不必说了，但要坚固得像个堡垒。古代书院并不高大，今天的书院也不应太隆。它要隐在林中空地上，伏下来静听河水和海声；每天到了午夜，它会有一个深长的呼吸与林海河流相通。不言而喻，它的身边还应有古树老藤，就是说它连系着原野上的一草一木。我对施工的人说：在这儿人是第一宝贵，树是第二宝贵。

开筑了，最初的日子颇为顺利，但地基深挖下去就遇到了古河淤泥，这就需要清泥填沙，需要打进粗长的水泥桩。还有尽力躲避空地林木的问题，因为一不小心就会碰折一棵树木。事至半截，有野夫纠集一起，有零零散散的阻拦，这些当不出预料。有人出面化解鼎力相助，更是感激在心。总之同志们未敢懈怠，只盼早日成就起来才好。

整个过程都有赖地方，他们守土有责，爱惜文物，拳拳之心令人铭记。七月大雨、冬月霜冻，施工者辛苦劳作，操持者多有勉励。

一砖一瓦都取舍再三，权衡难定。最后采用了京西山地层石做了瓦顶，南国粗砖做了围墙。一时见仁见智，褒贬纷纷。

筑起了

不管怎么说石瓦砖墙在绿树下闪闪烁烁，再加上地场开阔，真是令人目光一亮。它绝不似拟古之物，又不像摩登馆所，只与林河海野两相厮守。砖石事毕，剩下的事就是把周边整饬一番，把内里稍加装修。这一切当然还是力求朴素，以功能为先，要让人既安居又心定，于是尽可能放弃炫目扰神的饰物。现代的时髦累赘务必去掉，一味仿古的不伦不类也当力戒。总而言之有适当之形式，有合理之心情，能居能为，可迎可送，如此这般也就可以了。它绝不该是声名远播的辉煌庙堂之类，也不会有高僧在这里日夜诵经。这只是当今的人和事，是现代的一处藏书访学和研修之地。

古书院素有三大要务：一是讲学，二是积书，三是接待游学。今天三大要务需一一承续，但又不可强为，不可一味拘泥；一切或可量力而行，所谓的随缘成事；既有所发挥，又能够坚守根本。现代书院既未有先例，也就多了许多尝试的功夫。这一点我和朋友认识同一，只想从头做起。凡事不求广大，不追虚名，不恋热闹，不借威焰。有三四同道即可，有远方讯息则安。爱书籍爱思想爱自然，勤奋劳动，不打扰乡邻不增添俗腻，始终如一地做下去就好。

我和朋友一起制定了个公约：书院选址在此，就要爱惜此地自然，绝不能损伤一点动物林草；所有在书院做事营生者，都要做个体力劳动与脑力劳动相结合者，不得终日室内攻读或消闲懒散，而要每天于野外做工，所有劳务凡能自己动手绝不找别人帮助；最好每人学一份手艺，农事、木工、园林、装裱、陶艺，所学必得应用，并在应用中日见精密；无论做学问做日常功夫，都不必受时尚驱使；要心安勿躁，勤勉认真，崇尚真理。

书院建于此，不仅因为自然之诱惑，还借助人事之祥和。所以要人人自珍。书院大门上左书"和蔼"，右书"安静"；进入大厅右折进入接待室，则可见内悬匾额："这里人人皆诗人"——由最初的平静温煦入门，待登堂入室，再感受一种热烈和浪漫。书院的最终、她的本质，仍还是一种执着求索的情怀。能够保护和持守这一情怀的，当然首先还是一种自主自为的精神环境，一种与喧嚣稍有隔离的自然环境。这也许是现代生活中最为宝贵的。

终于说到她的命名了："万松浦书院"。其中的"万松"不难理解，因为地处两万亩松林；"浦"，是河的入海口。

中国历史上有许多书院。其中成名并流传的有三大书院，至今仍然运行的仅余一二。书院废弃的原因各种各样，比如人们马上会想到的兵火战乱之类。但细究起来还是人们面对野蛮特别是面对庸常时渐渐失去了坚持力。因为直接被大火烧掉或失于兵匪的，毕竟还是少数。而在绝望的岁月中慢慢坍塌冷落拆毁的，恐怕要占十之八九。

万松浦书院立起易，千百年后仍立则大不易。

2002 年 12 月

美丽的万松浦

这个秋天我住在万松浦。这是我多年来第一次住在一个恍若梦境的地方。

书院有一个不大的院落,它约有一百余亩。说它不大,是指它坐落在两万余亩的松林里,在大海之滨,在一条长河的旁边。我的写作与读书处就在松林里,就面向了大海。一抬头就是松海之绿,就是波涛之上的各色船只。鸟儿们不停地在窗前嬉戏,探头向里观望,这使我愉快中反而不能专心。倒是远方的天际苍茫之色,引发我的邈远之思,让我想到此地此时的深意和情缘。我不能不一次次梳理心绪,沉浸和缅怀,于无尽的苍穹之间、极目之处,寻找自己的来踪与归路。

我心中是从未有过的清澈和安定,也是从未有过的多思和想念。许多事情想从头做起,又有许多事情想从头再做一遍。因为我有把握做得比以前更好。这时候没有过多的奢望,却有了更多的劳动的欲望。

我和同伴们在读书写作之余一起盘算，想每人学一份手艺：有的学园艺，有的学陶工，有的学装裱；我则学木工。我想做一条很大的三桅帆船模型，还想做一些常用的器具。除此而外，依照原来的约定，我们还要每天到野外做一些工作，如除草、修剪、耙地、种植、莳弄茶园。这种活计每天不得少于五十分钟。与每天的苦读一样，这一切都是我们书院的功课。

很快，大家的皮肤比过去更黑了，举手投足间倒也少了许多呆气。思维也较过去直率单纯，并且有力。有客人说这真是个"桃花源""乌托邦"啊。可是我们林中人却丝毫没有觉得有什么特别之处，倒是充实自然得前所未有。我们劳动，体力脑力并用，室内野外兼顾，乐而忘返，总是于太阳落山之际方记起收工用餐。

有一天，下午四点钟左右，我携锹具走向院子，不意间打扰了七只公野鸡：它们正在墙边草地上觅食，胖躯长尾缓缓挪动，见了我一齐飞起，掠起的风都是笨重的。那七彩长尾啊，只有童话中才有。如此看美丽的自然离我们原本不远，仅仅是稍加看护，它就呈现出这般奇异。我于感动中连问数个朋友：你们可曾有过这样的机遇，一次竟发现七只公野鸡？他们摇头。

有一天早晨，一个朋友在书院松林上空看到了四十多只盘旋的雄鹰。

有一个下午，另一个朋友在书院的水杉树上一口气数到了一百多只喜鹊。

这儿不是"桃花源"和"乌托邦"，这儿是北方自然中的一隅。它在围困之中，它在等待之中，它在保护之中，它更在希望之中。不远处即是嚣嚣之声，幸有徐徐海风将其吹散，有涛涛松音稍稍覆盖。有什么美妙的情愫在这里孵化，然后就是艰难和欢乐交织的养育。

松枝上，我不时会发现一处修筑得十分结实的鸟巢——风起时它们仍然完好无损。

我在心里为这些鸟巢祈祷和祝福。

2003 年 11 月 12 日

纸与笔的温情

作家的温柔

一块草地、一片树林、一个天真的儿童，这一切都能拨动你爱的心弦。那时候你激动不已、含情脉脉，渴望与一切有生命的和没有生命的交谈。你想温柔四方。

世界应该适合你这样的人去生活和创造，你也太需要一个绿色的世界。一切生硬的、不近人情的东西放在你的面前，都有些残酷的意味。你不能没有爱，不能没有倾谈，不能没有美丽的想象以及唤起这些想象的种种条件。

因为上述原因，你的兄妹和你的朋友一直无比关心你。他们看到你面色苍白、神色忧郁，心里就有说不出的酸楚。什么也不用说，要说的可能你早就想过了。你苦苦地寻找，这一切对谁说去。你只是大睁着一双悲伤而温柔的眼睛。

你的渴望，是一切的源泉。你会超乎常人地勇敢。谁说你多情，你有时冷酷无情。这些都是为了什么？你这样生活吧，旁边的人总觉得会有什么笑话从你身上发生。你淡淡一笑，没有工夫解释什么，急匆匆地上路。

　　苦难不是茶余饭后聚到一起说说而已,它非常具体地排列在生活之中。你的愤慨和偏激情有可原,你背后也常对人说,你情有可原。值得安慰自己的是,你投入了实实在在的工作,你是理想主义者,似乎永远不会失去希望。当有那么一天,你真的变得沮丧透顶,你还会咬着牙关说:我是个理想主义者。

　　黄河水滔滔不息,逝者如斯夫。你执拗地生活着,愿你没有七灾八难。世界有情,当留住你的温柔。

1986 年 10 月 9 日

有书的长旅

从很早的时候起，我就知道：人这一生没有书会是很苦的。在未来的日子里，谁如果不怕苦，那他就拒绝书好了。人的一生好比一次长长的旅行——这个比喻差不多人人都会。人的一生有多少欢乐、多少困苦，又从中获取了多少思想和感悟——有人把这一切写下来，就是所谓的书。读书，就是读许多许多的人生。每个人因为只有一生，他要在一生中解决那么多的困惑，迎接那么多的挑战，进行那么多的尝试，时间不够了，于是只有读书。

我有幸比较早地得到了许多书，而且被强烈吸引。从过去到现在，世界上的事物，比书更能够吸引我的，好像不太多了；比书具有更长久的魅力的，好像就更没有了。书真的是人，是人的历史和灵魂，既然如此，那么世界上还有什么比人更有魅力呢？我十几岁即开始一个人生活，在这样孤寂的时光中，幸亏有了书。我把所有珍爱的书都放在了背囊中，它们数量不多，但一本本都是层层包裹了的。那些书不同于后来的书，它们都是我最贴近的亲人和朋友。由于走远路不能带许多东西，所以随身携带的书都是非常喜爱的、一遍又一遍读过的、差不多已能逐句背诵的。后来我年纪渐大，居有定所，书也越来越多。但我最为珍视的，还是原来背囊中的那几本。

过去读书的时候，只是读那满页的文字，因为还没有能力透过文字的栅栏，看到作者的身影。而现在重新去读小时候读过的那些书，结果就看到了一个个不同的、可爱可敬的身影。原来是他们陪伴了我的童年，我会一生念想他们，感谢他们。

我现在存了很多书，家里越来越像个书店。不过只要遇到喜欢的书，还是一定要买下来。我的手见了书总是发痒。我从来认为，书是世界上最美的（当然，也有一些极坏的东西要扮成最美的模样，比如说扮成书）。

我不太看电视，因为书远远比电视吸引人。书更能让人去思想。书所给予人的深层的欢乐，电视总是极少给予。一般而言，电视是对于书的简单的图解，那么要理解更复杂的问题、更深广的问题，就非看书不可。电视自有它可爱的方面，比如从它那儿寻找一般性的娱乐。有人预言在这个声像化了的现代世界上，终有一天书籍会被完全地取代。我不相信。如果真有那么一天，我们人类一定是进入了最为可悲的一个时期；到了那个时候，我们人类所热爱了千万年的这个世界，还会存在吗？我真的不知道了。

1997 年 3 月 10 日

关于乡土

每个地方都理应有自己的文学。真正的艺术总是超出世俗而更具时间意义。如果说岩石也在流逝的岁月中剥蚀，那么熔铸了心汁的墨页则可以永葆芳香。

我们走在一片独特的土地上，总不免有些悠思遥想。不用说十九世纪，也不说二十世纪初，起码在近代长达五十几年的一段时间里，人们或可期待每一片土地都孕育出更为绚烂的文学之花。

这不是苛求。对土地不能苛求。

我说的只是一种乡土式的企盼，一种希望。当今天的人们谈论"乡土文学"的时候，你会感到真正的尴尬。或者是对土地和生命的深深隔膜，或者是对艺术天生的褊狭无知。

我们真的有过自己的"乡土文学"吗？

没有对一片土地痛苦真切的感知和参悟，没有作为一个大地之子的幻想和浪漫，就永远不会产生那种文学。人们在今天极少关于土地这个概念的理解，就像极少关于生命、文化之类概念的深切理解一样。

一切都萎缩了、俗化了，想象的触角被一点点磨钝。

不错，乡土观念包括对于传统的固守，对于昔日事物的留恋，对于一种文明的断断续续的追溯和衔连；显而易见，它同时也包括了久长思之的、小心翼翼的甄别。乡土作家一般指生于斯长于斯、对土地同时也对整个家族血脉饱蕴深情的人。牵动他的是责任和良知，是早已存在了的使命。

诗人应该竖立于故土与尘风，这里有他需要的一切。他今天诚然不必足不出户，但沉着于自己的生活仍旧是完全必要的。一方水土可以长成一个人的血肉，也同样可以养大一个人的灵魂。真正的智者是纯粹的、在纷乱动荡中仍保从容的人。他的关于乡土的温情和执拗一起滋生成长，以至于永不消逝。

一谈到乡土文化人们就会想到俚俗，想到那些时髦的关于故地风物的描摹，想到流畅但却平直的创作。乡土作家似乎不必理会人类有史以来发生过哪些重要思想，不必关心历史演变和时代进程——带有嘲讽意味的，恰恰也正是这一类作家更早失去自己的"乡土"。

不言而喻，我们要求他是一个独创境界、心气高远又极端质朴的人。他的不间断的辛劳被一种平凡色彩包裹了，但他的人生却正因此而变得神奇，化为了不朽。

从某种意义上讲，乡土文学才是真正的文学。艺术家的求索如果不是背倚乡土，也就失去了文化根柢。也正因为如此，所以任何对于它的狭隘规范，都是令人不能容忍的。

我们呼唤真正的乡土文学。

1989 年 4 月 23 日

寂寞营建

我不信过去的智者们在运笔之初曾计划过征服。因为那样他最终也难逃浅陋。可以信赖的只是昼夜不舍的劳作，是银匠似的打磨精神。创造物上遗留了指纹摩擦的光亮，有着心的刻度。日复一日，寂寞营建，从不指望有过多的收获。

我怀疑今天那些堆积如山的纸页中是否真的掺过了一滴心血。破烂不堪的印刷品像挟了虫卵的枯叶一样覆盖大地，反而遮去了自然的绿色。有多少人在匆匆的时光里自忖自愧，笔墨吝啬。不负责任的倾倒和排泄已经使这个世界垃圾成灾。

你如果想看到一篇有真性情的文章，有时真比发现一颗崭新的星体还要困难。这是个不能过多地渴念奇迹的年代。好像人类的精神生活史上，一个世纪过去了，接下来的寻觅将漫漫无期。

我每逢看到自己或别人的一本新书即将面世，心中就涌过类似的念头。这绝对不是苛求——我知道长久沉迷于一个艺术世界的人会理解此刻的心境，并给予他的宽容。怀疑精神与创造精神从来都是并存的。

一点怯怯的欢欣、一丝淡淡的惆怅,像云雾一样在案头缭绕。在与心灵记录告别的一瞬,一个负担道义的人会出奇地拘谨。

再也没有更好的机会来审视自己了。亲手扳动闸门,让墨汁流向陌土,最需要勇气和果决。因为这一切很快就将变为昨日星辰,你需要迎接的只是明天的阳光。行程遥远,举步匆促,可以用来徘徊的时间太少了。

有什么可以依赖和可以信托的呢?有什么能够稍稍弥补必将来临的遗憾呢?只有真诚——一种生命本色的力量。除此而外,我们还会幻想什么?借助什么?在这块本来应该是极为圣洁的土地上,在一次比常人远为艰难的生活中,不会再有别的选择了。

堂皇印出的谎话和轻浮之言随处可见,以致使劳动者的书斋变馁。它对于文坛和世风的戕害无可挽回。一个在这样的情形之下勤勉为文的人有多么艰辛。他的执拗和刻苦、他的势必造就的事绩难以磨灭。谁向着这个方向跋涉,谁就心怀了使命。这种考验才真正称得上严峻和冷酷。

当我在书林中漫步、遥望漫漫文路的时候,总想把如上的话写给那些善良的、长存奢望的读者。我知道在如此芜繁如此聒噪的世界上,他们甚至失去了独自苛刻的权利。

但人们还是希望看到始终如一的坚持和诚笃。没有比那里再沉寂无援、再冷清淡泊的了。甘于忍受的人才会编出美丽传奇,默默无声的人才有锦绣文章。

不过那样的境界谁能够进入呢?谁能够抛却世俗呢?谁能把无法言说的困苦和忧烦磨碎呢?

1988 年 10 月 22 日

纸与笔的温情

——在法国里昂第三大学的演讲

尽管最早的文学不是写在纸上的，但用纸和笔成就文学却是很早以前的事情了。它简直是很古老的事情了。更早是用竹简木片、兽皮锦帛加刀锥羽毛之类，用这些记录语言和心思，传达各种各样的快乐和智慧。后来有了纸，也有了很好的笔，如钢笔。这就让文学作家更加方便了，快乐了。

他们有可能因此写得更多了吗？当然是这样。但是并不能保证写得更好。

纸与笔使作家写得更快了一些，特别是钢笔，内有水胆，不用蘸墨水了，所以中国人一直叫它为"自来水笔"。墨水自来，多么方便，那么写作者在写作时，等待的永远只是脑子里的东西了。而在古老的时期就不是这样，古老的时期，人想好了一句话，要费许多力气才能记下来。

现在我们不得不正视这样一个问题：是谁处在等待的地位？是工

具还是思想？这可能是不一样的。这在写作中也许是一个不小的问题。有人以为工具的问题只是一个可以忽略不计的小小的问题，我不那样看。特别在今天的作家那里，总愿意证明电脑打字机的诸多好处，证明它的有益无害。也许真的是这样。不过另有一些人心里装着的却是一个反证明，他们很想证明它对写作是有害的，只苦于无法像数学家、物理学家一样得出求证罢了。

在缺纸少笔的时代，在竹简时代，人们为了记录的方便，就尽可能把句子弄得精短，非常非常精短。读中国古文的人都有个体会，那时的文字简洁凝练到了极点，大多数的词只有一个字。现代汉语的词则要由两个字或更多的字组成。把一段古文翻译成现代语文，一般要增加两到三倍的长度。

中国古典文学的美，美到了无与伦比，难以取代。有人说中国现当代文学的美也是不能取代的——那也许，那是因为它就这样了，它已经无法变成另外一种模样了。但是起码现在的人普遍认为，中国文学的最高峰仍然在古代。为什么？理由很多了，我看其中的一个理由大概是不能忽视的，那就是因为书写工具的变化，是它的缘故。

西方的文学是不是与中国文学走了同样的轨迹，我手里没有更多的资料，还说不准。

总之从古到今可以这样概括：工具变得越来越巧妙越来越灵便，文学作品的数量也随之增多，品质也在改变，但却不是越变越好了。其实文学写作无非是这样：用文字组成意趣，它一句话的巧妙，思想的深邃，着一字而牵连大局——这一切都得慢慢来才行，要一直想好了，再记下来。这个过程太快了不行。工具本身既然有速度的区别，那么速度快到了一定的程度，就要催促和破坏思想了。这是个简单的原理。

显而易见，现代写作工具的速度在催逼艺术，催逼它走向自己的反面，走向粗糙的艺术。实际上，许多古老的艺术门类就是这样，它一旦离开了对原有的生产方式的维护，背弃了这种方式，也就开始踏上了死亡的道路。它会慢慢消失。文学似乎仅仅是一种写在纸（竹简、帛）上的、一种语言的艺术，这个事实是有目共睹的。现在越来越多的人发出惊呼，说文学阅读正在被其他的方式所取代。他们这是在悲叹文学的命运，它极有可能迎来的最终的消亡。

如果这种恐惧有一定的真实依据的话，那么我认为它其中的一个原因不是别的，正是因为今天的文学大多已不是写在纸上的东西了。这一来它就与其他的视听产品，与其他的娱乐方式没有什么根本的区别了。它们的品质大同小异。

现在的文字通过键盘，以数字方式输入，闪现在荧屏上。阅读和传递也是以数字方式实现的。我们都知道，现在还有个要命的网。当然，现在主要的文学作品最终也要印在纸上，但那只是以数字方式输出来的东西，是一种数字转化而已。就在这种转化当中，有一些最重要的特质被滤掉了。这种特质是什么，我们暂时还不能准确地知道，但我们大致可以明白，那是诗性——文学中最为核心的东西。

数字的传播和输入方式影响了思维，改变了文学作品的质地和气味，这已经不难察觉。作为时代性的转变，渐渐蔚成风气，终于使各种文学写作发生了流变，甚至也波及传统的写作：那些仍然使用纸和笔的人，也在自觉不自觉地跟进，无形中模糊了与数字输入品的界限。

我们都知道，中国汉语使用一种象形文字，那么写字就等于是对物体形状的一次次描摹。当然了，文字进入记录功能愈久，这种描摹的意识就会大大减弱以至于没有。但它的确是有这种功能的，它在人的意识中潜得再深，也还是有的。它也许藏到了人的意识的最深处，藏到了潜意识之中。所以说，从本质上来看，写字是很诗意的一种事情。所以中国有书法艺术，而其他国家的拼音文字就难以做成这一艺术。

以数码形式输入的文字仅仅是一种代码，它的过程取消了描摹的诗意。而人在纸上无数次的描摹所引起的生命冲动，它的快感，它不断重复的联想功能，也都一并取消了。从这个角度看问题，看待写作工具的变化，就不仅仅是个速度催逼思想的问题了。

　　文学在很大程度上是一种描摹，文字的书写，也是一种描摹。可见它们同质同源。

　　所以，真正意义上的文学作品，读者首先看到的总是"文字"，而不是"代码"。这里所说的"文字"不是一般的文字，而是具有强烈"文字感"的文字。而现在的许多作品正好相反，我们在阅读中首先感到的不是文字，而是一些符号在眼前匆忙掠过，它们只是充任了符号的功能，相当急促地、直接地表达了一种意思或故事。没有了文字感，当然也就没有了传统意义上的语言。而文学是一种语言的艺术——没有了语言，也就没有了文学。所以，人们痛感文学在消亡，这原来是有道理的。

　　现代传媒中出现的文字、它所运用的语言，一般来说只具有符号和代码意义。作为一种代码，它需要简便快捷，因而突出的也只能是文字的符号功能。

　　最终，如果文学作品的阅读过程中没有了文字和语言的深刻感受，没有了关于它的快感，文字和语言就真的只能成为一种代码和符号，它在使用中也就与一般的现代传媒没有了根本的区别。既然没有区别了，文学又如何能够存在、如何具有存在的必要呢？既然从文学作品中读到的东西，所要取得的一切信息，如阅读的快感、种种的期待，几乎从其他的艺术门类、其他的传播媒介中也能够获得，甚至更为强烈和方便——读者为什么还需要文学作品呢？

　　由此可见，文学赖以生存的基础就这样给抽掉了，如此下去的消亡也就是必然的了。

在当代，恰恰是文学写作者自己，而绝非其他任何人，造成了文学的危机。有人说现代传播手段的发展促成了文学的萎缩，挤掉了它应有的空间——这是一种似是而非的说法，是一种夸大其词。因为艺术本来就有各自不同的功能与空间，文学，诗意，它的创作与接受本是一种生命现象，源于生命的本质需求，说白了就是只要有人就会有文学。如果有人想在这个越来越缺少诗意的世界上彻底消灭诗，那么至少也得先在这个世界上消灭人类自己。

可见只要人类存在一天，诗也就会存在一天，这是毋庸置疑的。这不是关于诗的什么大话，而不过是一些实在话罢了。

文学既要存在，就要独立，独立于其他的传播方式和表达方式。而现在许多人做的正好相反：不是强化这种区别，而是淡化这种区别。具体到文字，就是漠视和削弱文字感——不是在写作中走进语言的艺术，而是逐步取消语言的艺术。从文学写作发生发展的历史，从它的现状来看，可以说从来没有过的大浮躁弥漫过来了，写作活动变得急切而匆忙。它像数字时代一样追求速度，当然不会有好结果。

其实文学应该做的恰恰是要慢下来，越来越慢。这就是文学与时代的对应。笔和纸当然是这个时代的宝贵之物，它们比起冷漠的荧屏来，当是很温情的东西。写作与纸笔为友，互为襄助，这才是天经地义的事情。依我看，纸与笔较有可能让现代写作者耐住心性，并且在其中再次找到文字的那种非同一般的特异感受。

感性一点讲，真正的文学语言不是呈现颗粒状的，而是一股浓浓的热流，是非常黏稠的。文字首先要不是冰冷的颗粒，词也不要是。它们本身是有生命的，有毛茸茸的感性，有令人难以忽略的个性。只有这样的文字流，才谈得上是语言，才谈得上语言的魅力，也才谈得上文学。

作家脱离了纸与笔的温情，总是令人惋惜的。脱离了，就不能谈文学了,这样说有点耸人听闻;可是我们知道,文学这个古老的东西,最初是一个人在寂寞空间里展开的手工,这恐怕是不能否认的。

说到文学的现代性,会产生出许多伟言要义。不过再大的要义,也要首先考虑文学的生存。现代化的、数码时代的文学,要生存就要回到自己的本质。于是,对于其他艺术门类,对于一般的传播和表达方式,文学当然不是去靠近,而是要疏离。文学与它们的区别越大越好。

纸和笔比起数码输入器具,更像是文学的绿色生产方式。古老的艺术魅力无穷,比如文学。其实这不是因为别的,而仅仅因为人是魅力无穷的。

2001 年 12 月 12 日

中年的阅读

我们以前不太知道年龄与阅读的关系。比如不到中年，就不知道中年人读什么。当然，有各种各样的中年，各种各样的兴趣。这里只是说了一种。

随着年龄的增长，书会像潮水一样涌来。不能随便歌颂书了，书往往是一些垃圾。清除垃圾很难，但起码可以绕开，绕得越远越好。当然有时候对于某些书的疏离，不只是书本身的问题，而主要是人的问题：作为一个读者，他的心情变了。

人们之间议论起读书，常常只关心读什么，而很少注意到不读什么。从来不读、连眼睛也不转过去的是哪一类书？这种阅读的边界可能更重要一点。

让青少年兴奋的书，中老年不一定看。人一到了中年，心情就多多少少变得苍凉了。中年人的情感既结实又朴素，这就影响到书的选择。有阅读能力和阅读习惯的中年人是很多的，而且他们因为知识和经验的积累，其判断力更加让人重视。他们有可能在深层上左右着阅读的方向和趣味。中年人更愿意看真实事件和场景的记录，比如一些重要人物的传记，一些游历笔记，回忆录和目击记，地理勘察录，探险记，等等。在这种阅读中有一些特别的快感，那是因为整个过程始终伴随了这样的提醒：这些文字是真实的。

作伪的"实录"也有很多，但它们仍然是以标举真实为前提的。真实的，曾经发生过的，也就具有了极大的参考性，而且比较起来更能刺激联想。人一过中年就越发讨厌杜撰，十分警惕虚构的文字。所以，中年人一般来说对小说和诗之类，是非常挑剔的。如果一本书的前提是虚构，那么它在中年人的面前将接受非常严格的考验。虚构即编造，这很容易变得轻浮和廉价。一篇写得疙疙瘩瘩的实录文字，也远比一篇浮华的小说更能吸引人。中年人关心的是：在异地他乡，在另一个时空里，到底实实在在发生过什么？

比较起已经发生的事实，他们不太重视各种各样的假设，哪怕这种假设十分巧妙。

一个从事虚构文字的作者面对了一位中年人，往往是很尴尬的。这对创作者甚至显得残酷了一些。虚构一事，很容易变成低一等的工作——这往往也是已届中年的写作者迟来的觉悟。自古以来，文字最重要的价值即是：将发生的一切记下来，忠实，无欺。文字在诞生之初确是担负了忠实记录的职责的，而且毫不含糊。谁如果歪曲了事实，那就等于是对文字本身的侮辱。

对于中年人来说，读与写几乎是同一码事，有相似的意义。中年人对文字的心情比年轻人朴素多了，他们不再有过多的奢求。但是中年人的好奇心不是减少和蜕化了，而是变得更加深入了。从这个意义上说，有阅历的读者并不会一味排斥创作，不会一概拒绝虚构。问题是虚构作品怎样抵御其他文字坚实而强大的魅力，这才值得好好探究。

让虚构不那么拙劣，这对于写作者将是很难的一件事。因为想象往往比现实更窘迫,想象的园地比起真实的土壤总是显得过分仄逼了。在科技信息时代,人类某些机能的蜕化是很快的,比如想象力。现代的想象空间经过了一再压缩,却在这种羸顿局促之地拥挤和簇生了一种叫作"小说"的攀援植物。于是,相互投影,因袭,一而再再而三的复制,极为无聊的敷衍,也就成为常态。虚构作品要么足以吸引一个阅历深长的人,满足他们的好奇心,要么就甘心退出这些人的视野。他们所面对的文字,要营造出童话般的神奇,能够撩拨味蕾、牵引思维的触角。他们经验的世界要求射进炫目的灵光,而且还要足够锋利。

语言艺术的冶炼者要有超凡脱俗的趣味,银匠般的耐心,打造极其微妙的细部,以及拥有最为重要的——超人的想象力。他们具备自然而怪异的品质,刺目的个性,柔弱或激烈的情怀。总之要有一个独特的、陌生的、自给自足的精神世界,这个世界即便让心灰意冷的男人也驻足不前,流连忘返。这时,虚构作品就会成为纪实文字不能取代之物,它们将使人的灵魂欣悦。

现代的中年经过了五千年的文明沤制,再加上声光电子的风皴日晒,面部的突出特征是:冷漠。苍老积蓄在内部,难得真正一展笑颜。谁想向他们一示新鲜,那将是难而又难的一件事。一部书,一段文字,只要打上了"虚构"的印记,也就难逃严苛的质检。这大概是许多文字的玩弄者所始料不及的。

一个人在心理上脱离了童稚阶段,在精神追求方面就会转向一些更便捷更实在的方式。他们除了对"真实"产生兴趣,或许还会从文字本身索取快感。但这时的文字必须是真正令人陶醉的,必须确定无疑地升华为"语言艺术"。一种常人所没有的语感,一种被质朴稍稍遮罩了的精到与刻意,一种令人痛快击节的简洁,都能使一个老到的读者为之一振。

从阅读和接受的意义上谈论中年,当然主要是针对了一种心灵指标。毋庸讳言,有人常常要让浮浅和粗陋陪伴一生,他们或许永远也走不到"中年"这条线上。这就是另一种阅读了。谁也无法阻拦一个人去咀嚼破破烂烂的故事,或者紧盯着屏幕上摇摇晃晃的大头。这自然不在讨论之列。

简单一点概括,可以说匆忙的现代并没有排斥阅读,冷漠的心情也不可能完全摒弃文字,只不过读者进一步分化了,其中有一部分极为重要的读者正在作出这样的抉择:或者是真实的记载,或者是绝妙的虚构。对他们来说,时下那些如潮似涌的印刷品,那些一般意义上的文字,都将被搁置,或交给另一些人。

2002 年 2 月 2 日

谈简朴生活

简朴的观念

谈简朴生活、表达这方面的观念的书，已经出过不少，写得大多好读，有趣味。不过其中有一些，其实是讲衣食无忧之后，怎样过日子才更舒服、更雅致。有人以为它正好和现在这种欲望的消费的社会是对立的——但作为对立的观念推广出来，却多少有些不对味。欧洲出过这种书，美国也有，而且很畅销。看来追求雅致的生活，已经超过了追求实用和简朴。

许多人认为中国人这段时期特别需要简朴地生活着，不要大手大脚，需要多灌输这种理念，需要讲讲它的道理。人们认为这种简朴生活能够挽救和赢得未来。怎样把简朴生活的好处讲足，并尽力讲得通俗易懂，讲得很身边化、市民化，也不容易。

中国人口这么多，不提倡简朴生活，不建设节约型的社会，对能源的消耗会不得了，对人类生活空间的争夺会不得了。当然倡导这种生活的理由很多，也很现实。至于精神层面的讨论，要深入下去就难了。

在一个以消费拉动生产的经济理论大框架下，要谈简朴生活不仅困难，而且容易变成一种奢谈。现在的主要潮流是千方百计地引导消费，千方百计地让人把手中的钱花出去，这又怎么会简朴下来呢？

这样看，好像奢华生活的对立面，就是简朴生活。但也有人认为，过惯了奢华生活之后，上升到一个更高的层面，才有了简朴的理念。这里可以注意，他们的这种简朴，其实是一种更加讲究和雅致。于是，这种简朴需要极大的经济保障，需要有闲，需要具备比较精致的文化修养。

结果这样的简朴就有了许多的烦琐。有了大量的准备，大量的功课，而后才能进入简朴的境界。

简朴即便作为一种进步，在这里也被大大地复杂化了、概念化了。

不错，简朴谈的是人和物质的关系，但简朴就是简朴。

不被物质所累

一位海外朋友说，有一次一个政客在拉选票时，不停地谈今后要怎样为当地搞来更多的钱。当地的一位老太太听着听着就插话说，我们不再需要这么多钱了，我们的钱已经足够花了，我们现在最需要的，是要我们的孩子还能够继续到海边捡贝壳。

老太太的话让在场的人一愣，随即一片掌声。政客是蒙的，一时对不上口，因为他一辈子也搞不懂这是怎么一回事、怎么一种逻辑。

老太太的要求简单之极，而且这么具体：能够让孩子捡到贝壳。她的要求看起来极小，其实很大。因为海边的贝壳没有了，要解决这个问题看来不是个小问题。究竟是怎么将贝壳弄没了的，这可能是一个极复杂和极长的过程。这显然并非是一日之功过。所以老太太的要求看起来小，实际上大得不得了。

海水污染到怎样的程度，又经历了怎样的阶段，老人没有谈得太多。她只是要求捡到贝壳。类似的要求，有的地区还化为了行动。比如有的地方为了保卫自己的生存之地，民众能够一齐躺在海滩上，躺在隆隆前进的机器前面，宁可死了也不让开建有害的工厂。这样的民众一个会等于一万个，所以有没有这个力量大不一样。西方人说"牛奶不好，奶酪也不会好"，就是在说民众的普遍素质与管理者的素质，讲这二者之间的关系。

所以我们平时也需要从讨论"牛奶"开始。可是我们现在很多的时候，仅仅放在讨论"奶酪"上，却忘了奶酪是从哪里来的了。当然，后一种讨论也是必须的、紧迫的。

小资的生活理念很畅销，这可以理解，但不能不将其多少作以分析和区别，特别是不能将它混同于简朴生活的理念。在大资们看来，小资们已经很简朴了，这种生活简单而又不失体面，故可以谓之"简朴"。其实呢，简朴与否，这不仅是个物质葆有的程度问题，还有精神质地的问题。小资的简朴理念与真正的简朴生活理念，这之间的区别当然很大。

粗粗一看，小资们似乎涉及简朴生活，大谈小城或郊外风光，还有旅游远足之类。这就是简朴吗？那么怎样的奢华才算是不简朴？如果仅仅是走向了这种所谓的"简朴"，离更大的奢华大概也就不远了。

自然环境回到原来的、好的生态时期，对自然环境来说就是一种简朴。人文环境回到诚实和有信，对人文环境来说就是一种简朴。简朴就是真实无欺，就是极为符合人性的一种简单。简朴当然不会是简陋，不会是穷棒子精神。

现在这个时期的中国，刚开放不久，向西方学习，很向往资产阶级特别是小资产阶级的生活。因为大资产阶级学不了，台阶更高，所以先学学小资。将来有了条件，就肯定会学大资。欲望是没有止境的。现在不学小资，不是觉悟，而是财力所限。所以这时候围绕着小资话题，从这个角度，谈了那么多的简朴和简单，实际上也是不得已而为之，是退而求其次的做法。

简朴生活不是在对比中被确定的，小资生活也并不能因为大资的对比而变成了简朴生活。简朴是一种生活质地，是精神也是状态，这与第三世界初来乍到的小资生活毫无关系。

有人在商品经济中发了财，然后就卖力地推销一种生活方式，什么怎样抽雪茄，怎样吃巧克力、喝红酒，这方面的知识印成的图书一排排的。小资的欲望调动起来是很容易的，调动者完全不负责任。据说这可以让人变得高贵。他们闭口不谈这样也可以让人变得轻浮。要知道雪茄、巧克力之类不是土生的国货。把洋化生活等同于高贵的生活，这是什么心态和逻辑？

有人引进欧美特别是美国简朴生活的概念。我们觉得不是那么回事。讨论一下什么是简朴，简朴的必要性和可行性，简朴的理念，在这个时期十分必要。因为不同的理念会引导不同的生活。这些都得想透，不能人云亦云。关于整个欲望社会、消费社会，从能源消耗到伊拉克战争，不妨什么都想一想。因为这是一个立体的问题。有人不断地举例，说一些欧美头面人物所谓的日常"简朴"，我却深深怀疑。通常是，巨大的奢华和资本的拥有者才会去灭亡别人的国家。

谈简朴不是反对人类强烈的求知欲，不是反对科学，不是推广愚昧，不是清教徒，不是反对俗世。简朴正是回到真实的俗世，是不为物质所累。简朴会让人类社会生气勃勃，会保持和推进人类的文明成果，会让人类长存。不妨回头看看自己的历史，如春秋战国，如秦灭六国，最后灭亡了齐国。

齐国的科技和物质在当时是最进步最丰饶的，出土的车马文物何等华丽精巧。轿车上都铺着地毯，漂亮得不得了，在现在看也是极为舒适的，上面还有酒柜，有精美的酒具。在艺术上，像韶乐，令孔子听后三月不知肉味。但这样一个大富大贵的齐国，最终却被秦国灭亡。而同时期的秦国粗陋多了，他们只举着冷兵器就从西部打过来了。

齐国被物质所累，上层人士一味追求奢华，哪里还谈得上简朴生活。齐的鼎盛时期是威王、宣王阶段，那时的国都临淄如何了得。齐的昌盛与占领东莱古国有关，这个古国在胶东，可能以今天的蓬黄掖为核心。齐国从此大得渔盐之利，还据有了天下最大的铁矿、最先进的炼铁技术。它的边界最远的时候到了莱芜。从此齐国的纺织、大米天下无双，还有无数的战马和铁器。这就有了后来临淄国都的"举袂成云，挥汗成雨"。

它物质上这么发达，在当时是最不愿过简朴生活的一个国度，所谓的最繁荣、科技最进步、生产力最先进，但就是被最不发达、最粗蛮的秦国给灭亡了。物质和文明是伟大的创造物，但是它也能使一个民族很累很累。

看来一个民族真是需要简朴的生活理念，要活得清爽一些。

时间和生命

文明走向烦琐，物质走向奢靡，结果会是极可怕的。如今天，有的城市上班路上需要花掉四五个小时，这种情况已不罕见。私家车特别多，中国的交通状况不行，道路永远要车满为患。看来这部分挤车烦得要命的人，要忍受一辈子了。省会以上的城市，才刚刚开始这种厌烦的生活，他们厌烦这种无边的烦琐和无处不在的物质主义。

大概有智慧的人，以后要设法躲开省会以上的城市了。为什么？就因为耗不起，就因为时间是生命。生命不是无限的，它有长度。在城市长期煎熬，这太可怕了，而且每天如此、年复一年。

怎样搞物质，怎样搞小资这一套，有人可以到处做报告，推销他们的理念，还说是过简朴生活。其实这全是骗人的胡说。跟上他们跑，单是时间上就花不起。

在海外有位佛学大师，感动了很多人。她的钱多得不得了，发展了很大的医院和大学，在世界上的许多地方都做了一些慈善事业，影响极大。但大师并没有丢掉本色，每天还要体力劳作，起早诵经，种地制茶、做蜡烛卖，还开了个有名的蜡烛作坊。吃饭也非常简单。大师是弘法的，但她从简朴生活开始做起。

大师事业搞得很大，也就有了一些很漂亮的场所，有星级宾馆。但无论物质搞得多么好、多么丰足，都尽可能不被它所累，而是用来回报社会，比如说办教育、办医疗，还有一个很大的出版作坊，自己印刷，自己发行，把向善的精神传遍四方。世界各地，像非洲，都有大师援建的项目。

在有限的时间里做尽可能多的事业，将一切的耗费时间的无聊之事都尽力地压缩掉，这不是最大的简朴吗？其实人间最大的浪费和奢华就是把时间糊糊涂涂地打发掉，把时间贡献给不值得的东西。前一段有个口号，叫作时间就是金钱，说得太小作了。时间哪里是什么金钱，时间是更要命的东西，是生命。不要时间，就是不要命。

清清爽爽的人生，就是只看重时间的人生。这种朴实的认识与简朴生活的理念当然是一体的。

简朴就是劳作

只想享受，不想劳动，哪里会有简朴。有人只想做一些简单的工作，用以调剂日常生活，这不是什么劳动。劳动是出力和流汗。所以有的谈简朴生活的书，说的都是怎样到室外活动，干一点无伤大雅的活儿，说这样对身体和精神有利。这是养生。这样的设计与收获无关，与精打细算的生活也无关。

如果一个城里人戴上斗笠扛着锄头，大兴劳动之风，大壮劳动之势，就是简朴了？这在老百姓看来不过是细粮吃腻，代以红薯，追求健康而已。这也没有什么不好，只是不要硬扯到简朴两个字上。

劳动反对烦琐的礼节，尤其反对虚荣。劳动是量力而行，户外户内一律平等。劳动要真实，不要花架子，不是给人看，闷声而做，做完回家。

一个劳动者想不简朴，其实是很难的。仨瓜俩枣收存起来的岁月和日子，在某些知识分子看来是很美的，在过惯了粗茶淡饭的劳动者看来却是平淡无奇的。

而在物质主义者简朴的家里，却会发现最大的奢华。物质主义者放松下来的时候，一切都无所谓了，他随意处置起物质来的那种洒脱劲儿，有时会让人目瞪口呆，这也容易和一般意义上的简朴混淆起来。物质主义者通常是用更大的消耗，来换取所谓的简朴。

（2004年6月11日于万松浦"简朴生活座谈会"上的发言，小标题为整理时所加）

冬天的阅读

有一个梦想

杜甫在当年有两个悲叹让我难忘,因为他看到和感到的哀伤愁苦都是人世间最基本最常见的东西。一是他的"朱门酒肉臭,路有冻死骨",二是他的"布衾多年冷似铁,娇儿恶卧踏里裂……安得广厦千万间,大庇天下寒士俱欢颜"。

一千二百多年过去了,杜甫的悲叹如今仍在人们耳畔震响。一边是炫目的网络和智识阶层的扯淡,一边是诗圣濡湿千年的长泪。鲁迅先生当年说要"睁了眼看",就是不回避,有真心,能牵挂。这已经成了世纪末的难事。因为任何人,只要想分得一杯羹,就不能冲了欢喜和吉庆。现在许多人都学得乖巧聪明,连最基本的梦都不敢做了。

将朱门多得快要烂掉臭掉的酒肉分出一点,让路边冻饿濒死的人活命,这似乎不难。让无一床像样的被子、无一间房屋遮风避雨的人得以苟活,这好像也不难。

可是看上去不难的事从来都是最难的,好像难到谁也做不到。因为从古到今,任何时候都会有人振振有辞地"看主流""成绩是主要的"——这样说着千年不变的鬼话套话,以维持千年不变的"杜甫之悲"。

我看过不少富庶之地,那里伟大的"开拓"真是空前绝后,已经学得很像欧美。我也看过更多的边地远野,那里的贫寒之象让人不忍卒读。无论从这一极到那一端,到处都有食不果腹者,有在雨水和寒风中嗦嗦打抖者。还有,伴随这些的,到处都有成行的进口车,成排的盛宴和欢庆,一掷千金不眨眼的官场。

这些就是千古不变的风景?这些就是人类的命运?

一个人会因为害怕自己的"茅屋为秋风所破",为了逃避本该属于自己的那床"冷似铁"的"布衾",为了免做"路倒",不得不小心谨慎,精明再精明。这样的结果就是两个字:逃出。可是一旦逃出险境,逃出所谓的人生哀难的险途,立刻变得尖牙利齿了。他们一朝得意,再无心肝,连起码的怜悯也没有。无论是谁,逃出一个算一个,几乎很难找到例外。

智识阶级逃出了,于是他们学得油嘴滑舌,卖了良心,合伙鼓噪。小官人逃出了,于是他们仗势欺人,横行乡里。真的没有个例外吗?不,应该有个例外。我们曾经寻找着例外。

有谁敢于统计,一个发达或不发达地区一夜的公费挥霍到底是多少?又有谁敢于统计,这同一地区大面积贫民一夜的衣食住行所需花销总值仅是多少?更有谁敢于统计,走马灯般的轮换升迁背后藏下了多少罪恶?还有谁敢于统计,那些得意者一个个是怎样逃出了贫困,背叛了祖先?要知道他们的祖先大多是穷人,他们自己是一朝"胜出",愈加后怕。祖先痛苦的经验累积心头,正是又凉又沉呢。

这些就是千古不变的风景?这些就是人类的命运?

"阶级斗争,一些阶级胜利了,一些阶级消灭了。这就是历史,这就是几千年的文明史。"毛泽东如此概括,简洁扼要。"胜利"之后呢?

还有，一个阶级是如此，那么一个人呢？一个人所谓的"胜利"之后呢？

一个人难道真的不可以有人道和怜悯吗？最基本的东西难道真是不可企求，是人世间最大的高调吗？最基本的，即最低调的——"低调进取"还不行吗？

不，这仅仅是一个梦想。在新世纪开始之初，这也仍旧是一个梦想。现在如果因为高科技和发展的喧哗嗡嗡震响，因为总是一味梦想移民太空，因为不能即时追赶现代繁华而忧愁，那也不过是患了一种现代昏胀症。我们的现实告诉我们：一切远不是那么回事。

智识阶级讲体面，讲风度，下笔之前只是惦记三坟五典，西洋拉美，已经厌恶人间烟火。这是可悲的。这种悲其实也连着当年杜甫之悲的源头。智识阶级的背叛与另一些人的背叛在本质上是完全一样的。背叛的智识阶级眼里没有焦灼，没有激愤，也没有什么真正紧迫的问题。他们正忙于无耻的拜金时代所交给的一切。

"全球经济一体化"的甜饵挂在那儿，于是无论地方小官人和庙堂小书生，一个个都学会了几句时髦。辫子刚刚剪去，洋文三三两两，人也足够聪明，就是没有良心。

话说到了这里，我们都会问一句怎么办？宏论已经太多，先是应该打住，然后去大街上，去寒风里，扶起垃圾堆旁摇摇晃晃的饥汉，给无衣无被漏屋破锅的贫民想个办法。今冬也寒，江南落雪，中原悬冰，瑟瑟抖抖的打工者于路上挣挤，好端端的客轮在近海沉没。仅是这一幅图景就让人在大节里高兴不起来。

还是那句话：我有一个梦想，梦想在未来的世纪里，中国出现了大悲悯、真人道，把最古老的牵挂去掉，除却杜甫当年悲。

2000 年 2 月 3 日

伟大而自由的民间文学

　　文学一旦走进民间、化入民间、自民间而来，就会变得伟大而自由。

　　就作品的规模而言，没有比民间文学再大的了。它可以是浩浩荡荡的史诗，是密集如云的传说，是无头无尾的倾诉，是难以探测的大渊。

　　它的品格一如它的规模，恢宏大气，自然傲岸。它的气度之大，足可以淹没一切粗倨的单音。它广瀚无边地往前推进，无所不思，无所不在，举重若轻；它思考的命题从纤若毫发到天外宇宙。为之咏唱和记录的，有成千上万的口与手，那数不清的强力跳动的心脏，就是它的动力、它的直接源头。

　　一个神思深邃的天才极有可能走进民间。从此他就被囊括和同化，也被消融。当他重新从民间走出时，就会是一个纯粹的代表者：只发出那样一种浑然的和声，只操着那样一种特殊的语言。他强大得不可思议，自信得不可思议，也质朴流畅得不可思议。后一代人会把他视为不朽者，就像他依附的那片土地山脉、那个永恒的群体。

他不再是他自己，而仅是民间滋养的一个代表者和传达员，是他们发声的器官。

它是无数心灵的滋生之物，是生命的证明。这些证明以难以言喻的方式显示着人的尊严、生命的瑰丽以及生命感悟和掌握世界的强大能力。生命在此表达了自己最大的浪漫。

生命的质地是各种各样的，可是各种生命会在无边的时光之中被无休止地融解和冶炼。生命于是同时出现了渣滓和合金，放射出难以辨认、难以置信的光泽。民间文学作为复杂的记录，可以有谜语、谶词、大白话、歌与谣；可以短小数言，也可以漫长如川。它真正大得可畏，大得奇特，一片光怪陆离。

在这泥沙俱下的大川之前，我们可以听到漫卷一切的自然之声。它迎送时光的方式也包含了真正的智慧，它可以蔑视和嘲笑神灵，一切造化的未知。它的气魄宏巨到不可比拟，延揽了全部的精神：伟大与渺小，崇高与卑琐。它的全部复杂甚至稍稍有些令人不安。

当我们试图以理性和科学的态度走进它的时候，又会面临极大的困惑。因为它是不测的、无边的。它只可以感知，可以截取局部，可以掬滴水，可以管窥。它实在是太大了，太费解了，在生命的个体面前，它已经是一个遥遥的存在，如远逝的山峦和彤云。它坚实如冰岩钢铁，有时又柔软如丝。它拒绝，又容纳。个体可以在其中穿越，逗留驻足，也可以完全消失了自己。它的确为个体留下了穿行的通道，每个人都能在其中寻到自己的过去与未来。它成为母体，养育补给，供予乳汁。它的繁衍力和再生力，无论怎样想象都不过分。它对精神的个体，有着神秘的宽容和恩惠。民间文学触摸了星河一样渺茫烦琐的命题。它以各种方式去接近和分解神圣。神话、古俗、史诗和神谕、社稷、美女和魔母、文献、海妖和天神、一万年的奥秘……集小为大，又化大为小,在精神的宇宙纠缠和编织,想象无穷,循环往复。它的胃口大得惊人,简直是永不疲倦地消化一切。

而它的自由正与它的伟大连在一起。所有的禁忌和障碍被粉碎之后,真正的创作自由也就出现了。一旦有了这种自由,它也就无所不往、无往不胜,在历史的长河中遨游,在人类的高空中飞翔。它可以超越历史、政治、神话。它既能高超地图解,也能随意地吟唱。它的癫狂、痴迷、无畏和真实,都达到了令人惊讶的地步。它轻而易举就超越了一般的"政治的诗",可它又会义无反顾地发出某种尖厉之声、隐喻之声和呼号之声。它的声音能够不加遏制地、反复地、奇妙地变幻;这声音也许从某个不为人知的角落悄然萌发,尔后滋长得越来越大,无限膨胀,形成山崩海啸之势;也许仅仅是潜流底层,细细吟哦而不会死灭。

它不负有狭义的责任,也不受追究。它借助和依仗了一种极为抽象的存在,可以在地表和天空飞驰。它一旦形成就属于了每一个人,属于时间,属于某一个地域,比如属于整个华北或华南,属于欧洲或亚洲。如此广大的一片土地构成了它的依托,所以它也就逍遥得很,神乎其圣。

自由是有条件的。自由来自深刻的理解,来自强大,更来自创造者的生命特质。环顾左右,欲言又止;严厉的注视,反复的叮嘱,庸人的自扰,双重或多重的误解,对命数的迷惘无知……这样是断不会有自由可言的。创造者不断将想象的触角向内收缩,在一个狭小的空间营造织结,绚丽是绝不能产生的。

正因为民间文学获得了近似奇迹般的自由,所以我们也就真的看到了奇迹。一部部非人力所及、几乎被误解为神灵所赐的伟大史诗产生了——这样的史诗竟然出产于不同的大陆,需要几代人去整理和发掘。类似的奇迹多得数不胜数,它们潜在土壤里、掺在气流中,说不定什么时候就被我们的双耳捕捉到,被我们的双手开发出。

不可思议的想象力,胆大包天的构想,这一切都饱含在民间文学之中。从妖怪到王子,从贫儿的磨难到公主的奇遇,形形色色,一应俱全。一支曲子可以唱到东方既白,一串故事可以讲遍九州四海。没有拘束,开阔如天空,深邃如泥土;如果有谁担心创造想象之力会贫乏枯竭,那就看一看漫漫时间之绳上,联结了多少不绝的生命吧。是他们,是人类的全体在想象……

民间文学不仅藐视一些皇皇巨著,而且有力地挑战了专制,特别是思想的专制。它在传达一种自在的、仅仅为生命负责的精神,创造出无数个来往于天地之间的思想的精灵、艺术的侠客。这自由的声音是由无数个声音汇成的,丰富芜杂,既庄严高古又荒诞不经,既俚俗乡野又殿堂神阙。这声音是双向或多向的,是反叛与对抗的,是恭顺和不驯的,是矛盾重重和纠扯难分的;但无论如何,它放荡不羁之中仍深透着人的原则,浑然的多声部仍突出着抗争的旋律。

有人会认为民间文学的全部都通俗无碍,都仅仅依赖于口头传递。其实如果真的如此,也会伤害它自由的资质和属性。它有民间的矜持和尊严,有民间共享的秘密,有民间自己的记录和传播方式,有尚待化解的隐喻,有隔代相传的寓意,有密码,有指代,有虚拟的发言人,有伪装的嬉戏者……总之它是无所不用其极的一种文学,是以惊人的博大和开阔而著称的一种文学。

它以自己的方式改写着历史:政治的和艺术的,心灵的和世故的。没有比它更巧妙的史书执笔者,也没有比它更机智的史官。往往是不经意的一戳,就按紧了历史之弦。它用各种华丽的枝蔓去掩盖一枚思想之果,于是既给后一代留下了采摘的困难,又增添了寻觅的乐趣。

如果用严格的规范去框束它,那就既不可能又荒唐可笑。它甚至无法禁绝——有效地禁绝。至此我们可以看出,民间文学的自由是一种彻底的自由——独立的精神和无边的想象。

　　由于它的生命力即是人类的生命力，所以它从不孱弱。这种强大通常表现在如下方面：一是它不易侵犯，即有超乎寻常的存活能力；二是它的自我调节选择力，即不断趋向完美的自身校正能力。它居然能够花上十年、二十年或长达一个世纪的时间，自发调动起无数的生命投入一部巨作的创造。这期间包含了多少改写、删除，多少自我判断、去粗存精。最终那些更有力的部分保留了、凸出了，熠熠闪光了。这是人民动手打磨的结果。人民有自己的珍宝，它就是民间文学的瑰丽。

　　不难设想民间文学与一个当代作家的关系。他如果向往更大的智慧和真实，那么就得学习永恒，就得返向民间。这个过程是心灵的历程，而不是操作的途径。是砂粒归漠，是滴水入川。一切淡掉了名利的艺术，才有可能变为伟大的艺术。

　　伟大的艺术必然是自由的，而离开了民间的支援和支撑，从来就不会有心灵的自由。

1995 年 6 月 27 日

自由：选择的权利，优雅的姿态

——在法国作家协会的演讲

一

今天的世界正逐步走入技术的时代，实际上也是数字专制的时代。人类开始丧失原有的自由——精神的自由，丧失了想象的能力和选择的权利。声像传播技术的突飞猛进，使偌大一个世界无不笼罩在它的阴影之下。作为一个人，他的独立自为的余地和可能性越来越少。技术主义的粗暴和专横特征表现得空前强大，而且难以扼制。

世界如此演进下去，将只有艺术生产而没有艺术，只有文化工业而没有文化。

我们似乎已经看到了技术的魔怪在一个角落里狞笑。

在这样的情势之下尤其需要探讨作家和诗人的意义。因为这样的技术专横时代，对技术的膜拜时代，以前还没有过。梦想是难以数字化的，所以唯有真正意义上的作家的劳动，才会警醒这个时代，才会具有一定的冲决性。这种需要比任何时候都较为迫切。这种迫切感历史上好像还没有过。人类的未来绝不可以被数字分割，整个社会绝不可以变为一个大车间，人也绝不可以变成现代庞大机器上的零部件。

冲破数字之网的唯有想象的无拘无束，唯有飞舞的诗的精灵。

这个世界之所以让人有一种窒息感，是因为现代科技不仅走向了进一步的发现，而且还走向了进一步的遮蔽。它遮蔽的是人的生命中最为宝贵的东西。人类的视野变得越来越狭窄，人类生活的空间越来越仄逼。想象能力日渐一日的耗损，就是自由的慢慢丧失。

二

现代文明所表现出的特征，从某些方面看正在走向文明的反面，即走向另一种野蛮。它挤掉了诗意空间，使每个人都坐上当代世界这部庞大机器的流水线旁，或被迫或自觉地成为它的附庸，成为受制者。人类走入这样的处境，于是再无优雅可言。现在需要的只是速度，是效率，是商业规则，是统领一切规定一切的数字逻辑。在生活中，人类个体已经处于被镶嵌的状态。而作家的总体思维指向，他们的劳动，就是挣脱，是梦想和幻想，是在坚硬冰冷的物质世界开凿缺口。

伴随现代西方的所谓知识经济，产生了另一种生活方式。这种生活方式所遵循的理念，相对于中国传统文化中的"仁义礼智信"，相对于"天人合一"的境界，显然是粗野和鲁莽的。传统文化意义上的中华，面对着要求开放的商业扩张的西方，一方面显得相对贫穷，另一方面又感到野蛮的袭来。可惜这并非一则当代笑话，而确乎是一种有着深刻的文明和哲学背景的认识。

当代技术主义者所尊崇的教义，他们所表现出来的欲望扩张性格，在很大程度上背离了西方的传统文化；至于说距离五千年的古老中华文明，就更是遥远。东西方文化中一切具有宗教意义的东西，比如人们心中的节令和仪式，都开始在数字逻辑下被消解。这个过程不是消解了迷信，而是扫空了诗意。人类优雅的生活风度，说到底是来自一种生命的自由，一种对于自身生活空间的充分感悟和把握力，也来自对于客观世界的一种浪漫情怀。

中华文化所固执提倡的"诗书礼乐"，不仅是当时的士大夫境界，而是一种人生境界的理想追求。而今的唯效率是重、唯商业利益是重的所谓"全球经济一体化"时代，人类将变得越来越匆忙和偏执，必将从根本上告别优雅的生活姿态。这是非常不幸的。

三

平行和贯穿于信息社会的现代艺术思潮，其实是腐败的。因为信息社会的经济和商业竞争，破坏了人类（当然包括作家）生存所必需的伦理关系。

极为个性化的思维，生命的本能想象，烂漫的天性，会对抗坚硬的现代数字逻辑，让当代社会的伦理关系有一个自然舒缓的发展过程。作家的工作很大程度上是一种回顾和怀念，是追溯和留恋。他们飘逸的思维对于这个世界而言，比神奇的电脑更可信赖。而电脑和数字时代，伴随它的文化艺术工业衍生出来的世界观念，是过分的简单明快了；它对于情感，对于复杂的人心，都简化为利益得失和直接的算计。这种文化不仅是简单的，也是裸露的——使世界到处呈现出赤裸裸的一种换算结果。这就极大地改变了我们的日常生活准则，也突变式地改变了我们的伦理关系。

我们的认识逻辑——当代社会所培育的思想框架,其实有着极大的局限和缺陷。人与人,人与周围的一切,其间的关系远没有那么简约和直白。它所蕴含的丰富性被数字方式搞得贫瘠了。这种现代文明由于将一切引向简单和简略,人类的总体活动也就不可避免地走入盲目,于是在对未来的探求上,人类将失去宝贵的时间和机会。我们的文明将出现大幅度的倒退。

　　在这样的情势之下,艺术已不再是一部分专门家的事情。它必要属于每一个人,以进行真正有效的抵抗。一切的艺术活动,一切的诗,都具有顽强的抵抗属性。这种抵抗有时好像是软弱的、被覆盖的,但本质上却是强大的,因而也是必须的——看起来单薄的诗心难以平衡这个极为倾斜的世界,但实际上呢,自由的诗心又无处不在,她就在地表和天空,在我们的呼唤中飞翔和生长。

2000 年 3 月 12 日

秋夜四章

一

我曾经是现在依然是这样痴迷于这条河。它牵动着我的全部思绪,是我的向往,我的动力,我倾诉的源头……

芦青河在胶东西北部小平原上。我在河边,在这个可爱的地方生活了十余年。后来我就离开了,到山区、到城市……再也没有遇到比那儿更好的地方——我是指那儿的美丽自然。芦青河穿过小平原注入渤海,河两岸有平展展的原野,有密匝匝的林子。大约因为河水的滋润,一切都长得那么茂盛——还记得那一片片丛林、稼禾,浓绿浓绿,真正是苍翠欲滴!除了一些特殊的年头,这儿极少有歉收的时候,人勤劳,土地也太肥沃了。总之,河两岸出奇地美丽,也出奇地富庶。

我一个人生活在外面,常常思念母亲,思念故地。思念故地和思念母亲的心情是一样的。我是带着深深的思念,拿起了一支笔。我很爱小平原,爱海,爱芦青河,爱密匝匝的林子。这片土地给予我的,将让我永远感激。

我厌恶嘈杂、肮脏、黑暗,就抒写宁静、美好、光明;我仇恨龌龊、阴险、卑劣,就赞颂纯洁、善良、崇高。我描写着芦青河两岸的那种古朴和宁静，心中却从来没有宁静过。比起美丽的自然，这儿的人应该更好一些。我常常想：世界上如果全是善良正直的人多好啊！生活在前进，有好多伟大的目的，其中之一就是不断剔除那些丑恶的灵魂。我痛恨那些工于心计、使用各种不择手段骗取利益的人；当我在生活中产生那些卑微的念头时，我会同样瞧不起自己……

我深深地爱着河边上那些心地光明、美好、坦荡无私的年轻人。我羡慕他们。他们是我的理想和向往。我寄希望于他们，以抵御心头的沉重。"人类"在我眼里应该是这样：女的，没有一个不是伶俐秀气；男的，没有一个不是英俊端庄！他们都身心健康，挺拔向上，不由得你不去爱慕，不去讴歌，不去宣传。那时将有一种力量驱使你，让你把他们从一个褊狭之地介绍到更广大的世界里去。我十分痛恨自己软弱的笔力！我总是羞于回头，不敢细看已写下的文字，它们是如此的软弱、笨拙和幼稚……

我的创作之路大约还很漫长。但我现在首先想到的还不是创作。我在想怎样认真地、好好地生活下去，怎样永远和人民站在一起——如果这样做了，就什么都有了。

现在主要是感激；再也没有比一种感激的心情更能帮助我、支持我的了。我感激什么？

感激很多很多，但我说不出。

1982 年 10 月 15 日

二

从写第一篇作品到现在，转眼已过了十多年。十几年来，我在文学之路上艰难地行走,其中有很多欢愉,也有很多焦虑。

我现在觉得,人活得真累。每天要做好多事情,也要为好多事情担心。我们面前的道路那么遥远,那么多弯曲和坎坷……我思索着,一边用笔记录着身边的生活,记录着我所能看到和想到的小小世界。

我曾经天真地想象着一种愉快的日子,一些很好的人,满怀深情地回忆童年的事情。我记得最清晰的就是芦青河,这条故地的河流,使人浑身灼热的河流。雨天、雪天、渔人、小船。河上独木桥,用最老的柳木做成,滑腻腻、湿漉漉。大雪蒙住河水,河冰又被水流击碎……但这毕竟是记忆,童年的记忆。童年还进入不了另一种生活,还无法理解成人们为生存而投入的搏斗。

我仍然在写芦青河,但我现在很少写童年的河了。我加入了成人的行列,用成人的眼光去看河水和小桥了。我要告诉我的朋友:那里的人告别了一种生活,开始了另一种生活。可他们远远不是在欢笑、在幸福,因为我知道那片土地已经有了太多的痛苦,并且这些痛苦今天已经难以根除。生活像一驾满载的马车行驶在泥泞的道路上,前进是前进了,可是留下了多么深的辙印!两个轮子有时简直像犁,翻开了地上的泥巴,露出了又一层新土。车轮在呻吟,辐条在颤动,一路就这样移动下去。那些难言的痛苦和磨难啊,他们向谁诉说?他们如何呻吟?

记下辙印,捧起泥巴,倾听颤动的辐条和车轮的呻吟,是因为太爱了——无望而无边的爱啊!

人们生活下去,永不妥协。活着很累,但大家从来也没有像今天这样活过,而且要活得有力量,活得充满信心。

就是这样一代一代、一天一天地迎送日月。

1984 年 8 月 10 日

三

在墨一样的夜色里，我的思绪游荡不息。在橘红色的灯光下，我的笔挥动不止。远处的山色淹没，星光隐去。这又是一个长夜，一个很美的、很内向的夜。这样的夜晚无声无响，只有露珠在草尖上凝聚。

像是在写一封长信——它没有地址，没有规定的里程，只有遥远的投递、叩问和寻找。给远方的人，远方的心灵。他们在这个夜晚，在山的那一边，向我注视。他们目光的重量压迫着我，让我的呼吸变得轻轻的。我把一声声问候藏在了心里。啊，山的那一边，海的那一边，你们的目光；还有，云后的星光，一齐闪烁的眸子……

没有缘故的留恋与盼望，思念，焦渴，等待。你在十年或百年之后看到这片文字，会若有所思、怦然心动吗？时光的奥秘、心的奥秘、生命的奥秘，它们堆积着，诱惑着。

秋天的落叶刚刚飘下一片。这夜色温温的，掬起如同静水。沉浸着，任它漫流。

1985 年 9 月 19 日

四

当拿起笔来时，又一次觉得无言。因为滔滔不息的激流已经洗去了涌来荡去的话语，词汇如屑，飞溅了，无有踪影了。我将如何诉说，如何询问和回答？我的千头万绪的牵挂和迟来早去的觉悟啊，我将如何诉说？十年前我曾说过：

每个人都有他自己的生活，各式各样的生活；每个人都不同程度地探索了生活的意义。意义在哪里？意义在于生活着，或者是生活过。我的笔写下了字，我的眼睛看到了，再告诉自己的心灵。心灵因此而愉快起来，我就再写下去。这是一个美丽的圆圈。无数的看不见的圆圈在旋转，无数的运动世界。每个世界都有它自己的秘密，鲜为人知。渴望了解，渴望融化秘密，是人人都有的一种欲望。小心不知大心，小年不及大年。写成一本书，让它到人海里去碰撞，如此而已。我的意愿就包含了我的全部希望。人还年轻，可是生活老了；生活正年轻，可是人却老了——我们就是这样尴尬。但活着就要好好劳动，好好过日子，这恐怕是没有异议的……

而今天我将说：

我是不息的春水，是不倦的浪花；我是每年都融化的冰，是适时而至的讯息、风和潮涌。我是明天，是再生和永生，是永远，是泥土和大漠，是滋生和长绿……

我是声音。

1986 年 11 月

独　语

诗人,你为什么不愤怒

一

人的心理上也有个边界,所以才常常有被侵犯的感觉。这当然纯粹属于精神范畴的。现代人越来越敏感,知识界就更加敏感。我们知道要伤害一个诗人是很容易的。可是这些年我们又发现,现在的"诗人们"倒越来越"宽容"了,好像什么都行,怎样都行,真的能够"入乡随俗"了。有人可以伸出手去为污脏鼓掌,有时自己也做出一些污脏。怪不得人们开始怀疑:这些"诗人"从根上讲是不是冒牌货。

也许他太苛刻了,总也不合时宜,总不讨人喜欢;但现在的问题是这样的人太少,跟随潮流的人又太多。"潮流"埋葬的诗人不计其数。

在那个横行无忌的年代里,不少人在用一支笔去迎合。在如今的商品经济大潮中,又有不少人在用一支笔去变卖。不同的时代构成了不同的刺激,在这种种刺激中,总会有人跳起来。

这也算人生一种。不过诗人的笔等于他的一颗心。我们不能变卖自己的心。

现在的好诗越来越少,是因为纯粹的诗人越来越少。这只能是诗人的光荣。我们进入了一个检验和观察的时代,所以大可不必沮丧绝望。随着时光的流逝,到头来总是一个诗人的纯洁、坚定和安静令人钦敬。

亲爱的朋友!现在正是相信理想、好好劳作的时刻。我们今后首先要叮嘱自己:不滑脱,不松懈,始终朴素而又勤奋。这是一种自然的成长。

对流行的荒谬要有抵抗的习惯。

杰出的诗人不会太多。但我们坚信在这个任意释放和挥发的时代、在一个人口众多的民族,他们终会出现。

二

不抵抗表现在很多方面。也可能是过多的、比比皆是的侵犯使人失去了敏感,文学已经没有了发现,也没有了批判。一副慵懒的混生活的模样,只有让人怜悯。乞求怜悯的文学将是最令人讨厌的东西。

无论贫穷还是富有,一个民族在精神上应该是生气勃勃的。自我游戏,窃窃的欣喜,无病呻吟,还有更多的迁就、苟且,可怕的疲惫……当污泥浊流围拢淹没的那一刻,连一声尖厉的长叫都没有。无声无息。

文学已经进入了普遍的平庸状态,不包含一滴血泪。在这种状态下,精神必然枯萎。

在一种麻木、无可奈何、袖手旁观的情势之下,倒是沉渣泛起。舐痔求荣者也自感光彩地走到了大街上,得意扬扬。你听到了呼唤朋友吗?呼唤的声音尽管弱小,但它是存在的——

快振作起来,像过去一样骑上三岁快马!

他们正用恶意和嘲讽的目光盯视你。看来像是讥讽一个诗人,实际上在嘲弄一个民族。他们以为具有五千年灿烂文明的伟大民族真的会昏头昏脑,一直昏沉下去。

如果能在十二亿人口中找到一万双纯美的眸子,你就幸福了。他们会把你崇高的心灵珍藏起来,代代相传。

诗人,你在哪里?

诗人,你为什么不愤怒?你还要忍受多久?快放开喉咙,快领受原本属于你的那一份光荣吧!你害怕了吗?你既然不怕牺牲,又怎么能怕殉道?!

我不单是痴迷于你的吟哦,我还要与你同行!

1993年2月10日

独　语

这是一个没有星月的夜，于是只剩下了自己的声音……

一

只要立下决心就不会痛苦。痛苦是因为长长的犹豫和徘徊，因为软弱。聪明往往联结着渺小，冷漠又联结着怯懦。什么时候才能决定？人类只有一个理想，一个非常简单的理想。就是它才让人彻夜不眠。

摆脱，不停地摆脱，多么困难。它真的那么困难吗？

二

我听出了我的恐惧,我在发抖。硬挺着,像在极度的寒冷中极力保持一种优雅的姿态。我不愿屈服——不屈服对于任何人都非常之难。因为人要生存在一个屈服的世界上。

屈服等于死亡。既然活着,就应该是好的,而死去的才开始腐败。活着,站着,才配瞥一眼玫瑰。

我忍着一声不吭。紧紧咬着牙关。谁在质问?谁在呵气似的套问?我都没有回应。一句也不应。没有什么好解释,我等于是睡着了。

他们该高兴了。其实我一刻也没有睡。我只不过记住了他的话:连眼睛也不瞥过去一下。我把留下的目光、我的神气都留给可爱的树木、猫、狗、小兔子,甚至是狼和狐,留给了丁香和玫瑰。够了,看腻了笑脸与哭脸、肮脏的脸与施了脂粉的脸,也看够了被铅灰压住的街巷楼房。

三

没有多少人能理解你、读懂你。懂得你的人都在这个世界上艰难喘息。你的光辉照耀着大地,好比稀疏的星光。我因你而骄傲和自豪,一遍遍地倾听你的声音。你是人类当中产生的,所有站着的、用下肢行走的人都应当骄傲。

你对这个世界不存一丝奢望，拒绝得干干净净，自然而又彻底。你离开时只有一副背囊、一双竹筷、一只碗、一把沉沉的刀。

我曾经注意过你身边的人，发现她（他）是何等的美丽和健康。她的笑声啊，像脆脆的泉水。只有抵御了各种引诱的人才有这样的笑声。你背起了所有的沉重，让身边的人轻松地、放声地笑起来。

你警觉地看着一切走近了的人，只是不提防那些动物。你一手挽起了一只猫，给它擦去鼻涕；你为一只鸽子的死而无限悲伤。有人蹑手蹑脚地走近你，你立刻把刀子操在手中。

你的判断从未出错。你对人是火热的，火热到冰凉彻骨。在时兴四肢行走的一片污烂中，你永远也错不了。你的吼声就是留给四野的歌，这时刻也只有这样的歌了。这才是人的歌。

四

我们相聚时你只倒给我一杯啤酒，是一小杯。必须吝啬，人必须吝啬。我发现了一些格外慷慨的北方人狡猾起来无边无际。要警惕北方的豪爽。一个骗子嚷叫着两肋插刀，其结果只能是加倍的龌龊。再也没有比伪装的假豪放更可怕的了，熟悉他们历史的人知道，他们从来就不曾勇敢过，而总是超前伸出臭烘烘的舌头。

我观察过，所以我更看重那些规规矩矩的人，看重有几分冷漠或羞涩的人。我的总结不会错。

五

我也有几个学生和朋友。这部分人越来越少了。我大概是容易被指责成"好为人师"的人。我挺高兴。我一定得教给你点什么,只要你愿意。我想我能行。请不必在老师面前炫耀什么人物,我早看透了他们。不过是鬼一点,什么硬货色也没有。主要是没有心。没有心的人是劣等动物。你要做我的学生,最好先明白这个。我一定得告诉你点什么,就是说"教导教导"。如果说教师这个职业是光彩高尚的、具有深刻的道德基础的,那么我为什么就不能"好为人师"呢?我一定要带几个人,一定要在一些方面伸出我固执的手指。

我想领你走了,是的,到远方去。有人担忧极了,说这不要耽误了人家啊!这样对人、人的将来……我很镇定,不然的话就不能授业。

……我从不怕那些狂吠,就像从不在乎嫉恨的呼叫一样。我这一手是在冬季里练出来的。那些滴水成冰的日子啊。

六

在适宜的气候下,有人是善于伪装出一份纯洁的。那时让我多少敬佩着,也多少怀疑着。我爱一切洁净的人、纯粹的人,无论他们怎样执拗和毛躁。我有眼力,并懂得洁净是世界上最宝贵的东西。有人就是借助于这一点才蒙骗了我。其实他们早已做好了投诚和背叛的准备，只是我不知道他们竟走得如此之远、如此之快。原来他们从来就属于另一类。

他也许有机会在人堆里借着众声喊了几声，而后就当成了一生的资本，甚至恬不知耻地炫耀。他忘了这也是某些丑类的特征——丑类恰恰需要热辣辣的风头。他们在生活的关键时刻，特别是在寂寞无援的煎熬中，从来不会守住什么。他们只是以不同的面目出现的一伙混子。道德和正义都是非常具体的，它排列在生活中，任人巧舌如簧，就是难以回避。你不是勇敢吗？你不是一个富有原则的人吗？此时此刻你在哪里？

那种伪装太老旧，也太累。不必伪装艺术家，也不必伪装学者，更不必扮演风流情种。你只是一个胆小污浊的势利之徒。

你把背叛说成了宽容，把苟且说成了温厚，可是你用什么办法遮蔽这样一个基本事实，即任何时候都在跟风逐潮？

在以金钱为原则的时代里，至少没那么多的人再有耐心装下去了。

七

我看到过很多绝望的人。的确到了这样的一个时刻。绝望之后就是呼号——各种各样的呼号，乞求，告饶，有嬉戏唾骂，还有威胁和撒泼……连恶棍也绝望了，恶棍的绝望就是想让这个世界快些伴随自己毁灭。

我也绝望了，可是我舍不得孩子。我们都得承认自己的冒失和不可饶恕的粗暴。我们也许没有权利把一个生命引到这样的一个世界上——不是因为贫穷，而是因为寒冷。这样的环境绝不适合新的生命。

我们除非长成一副铁石心肠。

　　我因为爱孩子，牵挂他们的岁月，所以从不敢在绝望中毁坏。人类一代一代进入了无望而漫长的接力，真得自重啊。小心翼翼地维护吧，为了骨肉，为了亲生的儿女，为了儿女的儿女。

　　悄藏起冷漠，赔着笑脸，向他们赞扬玫瑰；这之后是教给他们会提防、会恨。

　　绝望尽管是长长的、共同的，我还是仇恨那些因此而疯狂的人。咬牙切齿的人并不会恨，因为他们要舍下儿童。他们在暴力面前出乎预料的乖巧随和。他们是绝对没有原则的，因为他们要吞咽最后一口剩饭。

　　你只能因绝望而爱，爱一切的美和善……

八

　　我们只能向南，而不能向西。人和老鼠混在一起是非常危险的，人不久要染上鼠疫。我们没有那么大的兴致。这不是个赌的年头啊。

　　南方有山，有很多的穷人。在越来越多的蛆虫掠足了财富的时候，那么贫富也的确是一个界限、一个标志。从本质上而言，在某些时刻的确只有穷人才更可靠，才有一种品质上的纯净。藐视穷人的只能是我们的敌人。

　　我深深地感激你。再没有几个人敢于直接地揭示。尽管有人看上去打扮得蛮漂亮，却总是寻找机会吸吮，吸吮弱者的生命之汁。而你给予的是饲喂的乳汁，是流动着温热的最最宝贵的液体。

九

即便走向很远很远，四周也还是有人迹、有身影。那身影并不特别高大，但却是站立的。我因此而备感欣慰，既骄傲又谦恭。我骄傲是因为走入了他们之中，寻到了同类，既有弟弟又有兄长，有二者之间的温暖和幸福。

爬着走的人多了，站着行的人就容易辨认了。我越来越相信这个时代的独特性和残酷性，相信它提供的某种方便，即指认和识别变得不再烦琐。过去要花费十年时间的，如今只要两天。对那些人的幻想和仅有的一丝好意也不存不留，心上干净利索。

我脸上过早地布满了深皱，那是因为要不断地做出笑脸，痛苦而用力。违心地折叠皮肤是最让人寒心的了。我的头发越来越疏，那是因为在焦虑中扫落了。痛苦得不值一文。这一切早该结束了。人在很早以前就站立起来，重新趴下虽然不难，但又难免混淆。主人扔一块食物，赶紧仰身接住，一阵不顾羞耻的大嚼。"主人"也是趴着的，只不过像人一样穿了无袖无领的小尼龙背心。逃离这一丛的时刻早就来了，我追赶着人的身影。他在荒原上摇动。

诅咒如急雨一般响起，其间还掺着信誓旦旦。一边诅咒一边流泪，一边流泪一边寻找主人。不知从哪儿弄来一条尼龙小背心的家伙在泣哭声中转过脸来，一眼就认出了这只奇怪的动物。他发现它上肢很短，舌头很长，前额上有爬行动物才有的凸起和纹路。他心中微微一动。

派上用场的日子很多，有它焦头烂额的一天。既然归于了蛆虫一类，总要一块儿散发恶臭。不必太担心暴雨冲刷的季节：蛆虫浮起一层，顷刻冲得无影无踪。这样的天气是绝少的。神灵早已失望,绝望的神灵比绝望了的人类更为冷漠。人类绝望了还会虚无,会现代派,会颓废,而上帝的冷漠是直接的隐形敛迹。

偶尔发生点什么大快人心的事,让人间一阵兴奋,仰望上苍。他们不知道,这不过是神灵中不太成熟的几个"青年"一时心血来潮罢了,上了年纪之后是不屑于这样做的。上帝失望之后就成天抄着宽大的衣袖,打打瞌睡,或者极有节制地喝一点花酒。

决意走向远方的人只能期待同类,而丝毫也不必奢求上帝。历史上就从来如此。活着是自己的事。

十

你赞扬我的勇敢无畏,我的背负沉重。我却要悄悄等待一阵欣慰的消失,拂去一层虚荣,然后如实相告——你是我唯一可以吐露真话的人。我告诉你我还远没有那么悲壮,也谈不上勇敢和深刻,我仅仅是咬紧牙关站立着。

有人担心我因另一种虚荣而使性子,多出一些匹夫之勇。可爱的朋友,不会的。我从来就由着心性向前,不敢矫情,不敢自夸。我只是热烈地赞颂真诚和质朴。你笑眯眯地说:可有那么点儿?我说你真好,你这才是关心我。不过我真的没有。相反的我是把什么隐下了,它是仇恨中的疲惫,是过早留下的老伤。青春这东西美不胜收,可青春是一笔不经花的钱,并且还要面对昂贵吓人的物价。我警惕着,同时感谢你的提醒。我知道你只想看到一个白胡子拉碴的人使使性子。其实任何表演都不是愤怒也不是战斗。也许真正的勇气不是像一个老不正经的家伙那样,去人堆里吼几嗓子,而只是默默地离开,不吭一声。他敢守住什么,永远地守住。当然也有吼得好的,我们心里有数。如此而已。

我不止一次在黑夜独语:地火在运行……想象着一个伟大的身影,他在负戟彷徨。独语就是思念,就是企盼。伟大的身影消失了,从此再也没有出现。那个时代就因为产生了那样的一个人,因此我们再不敢嘲笑那个时代。

可地火呢?他也只是一种企盼,是绝望和希望交织难分的一种独语。他太善良了,那个时刻还相信有"地火"。其实它是相当微弱的,它会运行吗?是的,他什么都明白,所以他以瘦弱之躯投上了,抱柴加薪,最后点燃了自己。

希望的火焰不是地火。它是什么?它就是希望的火焰——想象中的火焰。然而真实的火焰有时也会存在,不过它有可能完全闪动着另一种颜色。有人可以改变它的颜色,让其散发着希望的光色。我仿佛又听到了猎鱼的号子和咚咚的鱼皮鼓。敲啊敲啊,"不在沉默中爆发,就在沉默中灭亡"。敲啊敲啊,我的目光穿越了时间的雾幕,寻找着他的身影。

他是南方人。又一个南方人。而另一些人是北方人。南方和北方——怎样区别呢?是伟大的北方还是伟大的南方呢?我再也不信那种人文地理的神话了,我只相信人心、人的历史。

地火从来都从人心里燃起。因为微弱的火种不能存放在任何地方,而只能存于人的心中。地火可以从南方的心田燃起,也可以从北方的心田燃起。成吨成吨的冰水泼下来,就为了浇灭火种。火种就是信仰,是欲燃的真理和真实。"每一个毛孔都滴着血",那是贫民和儿童的血,是美丽的女性的血。一切都淹没在喧嚣中,一切都浸泡在沉默中。

我相信那个伟大的身影是在绝望和急躁中缓缓倒下的。从此我们就永远地失去了。翻一下短短的历史,会发现不久前有多少人因那个身躯的倒塌而欢欣,发出了阴冷的笑声。当然这些人都理所当然地被钉在了历史的耻辱柱上。那么今天呢?有人想起那个身影,是否仍然恐惧、仍然想发出那样的笑声呢?

我真的听到了蛆虫的笑声。我因愤怒和痛恨而不能抑制,不得不及时地当面告诫:你也会被钉在耻辱柱上。你的无耻和背叛正被目击。尽管仅仅是一只蛆虫,但为了慎重起见,还是要浪费人民的一根钉子。

1993 年 12 月 28 日

再思鲁迅

一

在中国，一个世纪以来鲁迅是唯一没有被中断阅读的作家。而这期间，许多作家的著作都从书架上消失过，他们的名字在长达三四十年的时间里对于大多数中国读者都是陌生的。鲁迅的著作却一直被阅读着强调着，直到现在仍然如此。在中国内地，大概连通俗小说家统计在内，仅就印刷量而言，也没有一个作家超过鲁迅。在这几十年的时间里，没有一个作家像鲁迅一样在教科书中占有如此重要的位置。

即便在万马齐喑的"文革"时期，鲁迅的书也是影响力最大、印刷量最大的之一，超过他的大概只有红宝书了。而当时对于人的行为约束力最大的，除了红宝书之外，也就是鲁迅的书了。人们当年要背诵许多红宝书的篇章，对其中许多文字耳熟能详，并在行文中大量引用。对于鲁迅的书，许多中国人也能张口说出一些句子，也常常在行文中加以引用。"文革"时期能够印刷作品的作家虽然少而又少，但总还存在；特别是后期，总有十几种或更多一些的当代文学作品出现在书架上。不同的是，这些作品除了极个别的偶尔还会出现在记忆里之外，随着新时期的到来,改革开放的浪潮很快就将其淹没了。而在"文革"期间或后来的更长一段时间内,如果有人指责鲁迅的著作,肯定会被当成荒唐或疯狂的举动,因为这在政治上或通常的意义上都是不被允许的。

由此可见,鲁迅的书在当时所具有的无可比拟的地位。

时至今日,没有任何一个中国作家在海内外的各类文学评选中获得如此一致的崇高评价。无论是海峡两岸还是其他华语地区,在世纪末的文学大盘点中,鲁迅的书都是作为最出色的创作得到了首先肯定。仅就"五四"时期的作家来说,经历了新时期的拨乱反正之后,许多因为政治禁锢而与读者久违的作家,包括各种风格流派的作家在内,都一度得到了出土文物般的待遇。他们的作品在大陆风靡一时,影响空前。但所有这些作家和作品几乎都经历了一个从热烈到安静的阶段,慢慢退回到一个适当的位置上。与鲁迅和其作品相比,这些作家和作品没有确立一种超拔的地位,没有取得这样的不朽。毋庸讳言,鲁迅及其作品直到今天,仍然具有难以超越的意味。

鲁迅作为精神和艺术的双重象征,已经越来越不可动摇,尽管近百年来不断有人做出多方尝试,试图加以质疑和责难,甚至泼出了污水,结果最后总是无损于鲁迅。

鲁迅的作品没有长篇巨制,这曾经使许多人引以为憾。但是后来人们还是发现,这并未影响一个伟大作家的声名。人们意识到作为一个真正的文学家,越来越多的读者最后还是将其作为一个整体去理解和感受,一般意义上的量化分析已经没有了意义。也就是说,作为一个精神和艺术的巨人,他是高大和永远矗立的。

从文学史的角度来说,不可忽视的是鲁迅开创的杂文传统,因为在他以前中国多是闲适的小品文传统,与他同时期的作家也在沿袭这个传统。正因为有了鲁迅,从此杂文作为匕首和投枪才得到了肯定,并且延续下来,以至于成为新的传统。这个传统即便在新中国成立初期,即便在改革开放的新时期,也得到了很好的继承。中国的杂文开始有了自己独有的讽刺和批判性,尖锐而富于勇气。

二

如果对鲁迅没有深入的领悟,只是片面强调其"战斗性",则容易产生相当单调和生硬的理解。鲁迅精神不是今天一部分人所领会的那么简单和片面,更不是一般的"愤青"精神。当代文学中发生的一些对鲁迅失于粗率的批判、一些偏激的要求,大多与望文生义地理解鲁迅有关。

对鲁迅,各个时期总是存在着不同程度的误读。鲁迅在中国不可避免地被简单化和抽象化,无论是推崇还是贬损,常常只是将其当作一个符号来使用。正由于"文革"时期对鲁迅的极度推崇和利用,才引发了后来部分研究者的反弹。有人甚至将鲁迅等同于一种文化专制的象征来加以斥责。其实他们忽略掉的一个尖锐事实就是,鲁迅本身也是那种文化专制主义的牺牲品。正是由于当年不适当地、实用性和政治功利性地使用和引用鲁迅,才使围绕鲁迅先生的一场真正的文学阅读遭到了致命的破坏。

这正与当年鲁迅先生在世时的情形一样,右翼和左翼的两端都在攻击他。从几十年前的种种争执来看,误读不仅如此普遍,仇恨也渐渐有些莫名。一个深入和执着于真实的人,必然要遭受各种精神的折磨,这是从来如此的。

在当代,中国读书界对鲁迅的确有一个再认识的过程。人们经过了漫长的阶段，终于开始把鲁迅著作从意识形态的符号中解脱出来，开始有了从文学以及人性的基础之上加以理解和诠释的愿望和可能。

然而鲁迅的民间形象一直是相当清晰和朴素的，虽然也太简略：倔强、反抗、辛辣，甚至是"骂人"，这就是鲁迅。于是学界和知识分子在深入探讨领会鲁迅的世界的同时，还有一个艰巨的任务，即向民众传播真正的鲁迅：丰富和真实的鲁迅。这个过程将是长期的、充满争执的，也是一个在讨论中不断深化和不断发现的过程，更是一个使鲁迅永远鲜活的过程。

今天仍然像过去一样，对鲁迅的争论起码来自两个方面：善意的未解和恶意的攻击。善意的未解，包含了所有因为学养和阅历的浅近、其他种种原因而没有能力走进鲁迅这个博大世界中的人群；恶意的攻击，即是指那些因为心灵的性质而与鲁迅发生天然对立的一部分人。后者远离鲁迅、对鲁迅愤愤然，都是非常自然的，这也是一个不会消失的过程。鲁迅在生前就说过，他之生，也是为了让一部分人的生之不悦。这就是鲁迅伟大的斗争性。

所以这种种争论将是永久的，没有消失的一天，因而鲁迅也是永恒的。

奇怪的是，当年的鲁迅并非为了永恒而写，他只是执着于当时，只是为了爱与恨而写，只是被迫为一些没完没了的前前后后的纠缠、一些似乎永远也无法澄清的是非曲直而写。但他没有一个私敌。他甚至希望自己的文字"速朽"，这就是他选择的道路。看来只有执着于当时，也才能获得未来和永恒。相反，那些只愿奔向高阔的永恒，却会更快地被人遗忘。

放眼"五四"以来的文学家，似乎没有一个像鲁迅一样，产生了这么多的歧义。个中原因当然特别复杂，但首先还是因为鲁迅本身所具有的丰富性：在同时期的作家中，没有谁的作品呈现出这样多侧面多角度的形态，如此温婉仁慈而又如此执着仇视。他是幽默的，更是辛辣的；他是嘲讽的，更是率直的。他似乎还有重重叠叠的矛盾存在着：一生致力于反传统，对传统深恶痛绝，将中国传统文化喻为吃人的文化，甚至厌恶中医和京戏，但却没有一个文化人像他一样延续和实践了儒学传统，其入世精神、知其不可为而为之的勇气，都罕有其匹。再后来，他甚至怀疑起文学家的意义和道路，并且舍弃了虚构作品的写作；可正是那些与现实纠缠不休的杂文和言论，将一个作家的纯粹和广博推向了一个极致。他在长达五十年甚至更长的时间里被各种政治力量所利用：出于不同目的的、不间断的诠释和解释，对作品的割裂和断取；与此种状况所并行的，却是时间和历史给予的顽强匡正，是无边无际的阅读中发生的热烈追求和固执的指认。

鲁迅是一个极其独特的灵魂，这个灵魂对于平凡的大众而言，太切近又太遥远；人们阅读鲁迅，总是不断地发现和不断地惊讶，总是在新的时代感受中不断地"重读"。

三

经过了一段相当长的精神历程之后，人们对鲁迅不再神化也不再简单化了。人们于是可以理解为什么一个作家既是"匕首"和"投枪"，又是一个技艺高超的语言大师，一个立论严谨的学者，一个温和的父亲，一个宽厚的长者。他们开始看到了一个从来严厉肃穆的面孔的另一面：和煦的笑容，动人的怜悯。

二十世纪以来对鲁迅的阅读中所发生的一个最重要的转变，就是人们能够感知他的温暖了，能够面对和体味其才华、个性、仁慈、幽默等全部复杂的拥有以及情愫，特别是——巨大的悲悯。

在当代文明的大背景下，鲁迅作为一种文化的精神的资源，正被从未有过地大幅度开掘。一种陌生和新奇的发现渐渐扩大开来，鲁迅于是成为一座精神的富矿，一座含有多种元素的丰富宝藏。

在这个发掘的过程中，首先当然还是从真实地、人性化地理解鲁迅开始的。舍弃了这个基本的过程，一切都将无从谈起。无论是从艺术还是从思想的、人性的层面，后来者都发现了一个不断生长着的鲁迅。他随着时代的发展而延长而更新，并且不断营养了新的时代。

首先，他作为一个语言艺术大师所给人的巨大的艺术享受，他的不灭的个性的魅力，都是作为一个作家永远活着、生长着的理由。现代人口味粗糙思想浮浅，而鲁迅却是那么深邃和那么精微。他的独特性与他的深刻性高度一致，因为从来没有一个艺术家会脱离其个性而抽象地存在下去。鲁迅是在高阔的情怀、孤苦的心境、多趣的性格、渺茫的寻索、无边的忧思、迷人的韵致——这诸多交织和组合中生存的。那些伟大的、不可思议的创造与发现，就悉数蕴藏其中。

在二十世纪的现代艺术进程中，鲁迅不是一个旁观者，而是一个开拓者。他作为一种精神和艺术资源，正是中国整体现代主义进程的启动者和参与者，一个重要的组成部分。他的艺术表达中有象征、荒诞、隐喻，有意识流、魔幻，有二十世纪盛行在文学大陆上的许多技法的尝试和意识的冲动。从鲁迅这儿，我们可以看到伴随新的世纪所滋生的现代因子，怎样在一个敏感的天才那里得到了呈现。

我们于世纪末才得到尽情体验的物质主义的泛滥、商品时代的粗暴与专横、精神的没落与贬损、专制的文化基础和特殊传承，鲁迅早在世纪初就对其有过发现和预言。这至少给后来人提供了一个不断加深认识、从头寻索的精神脉络和依据。文化的土壤需要一个发掘者和鉴别者，一个从样品中不断提取和分析的清新而犀利的专门家。

时代经历了广泛的演变和孕育,我们却一直相伴着鲁迅的精神,并时时感到一种召唤和激励。这是一个深邃纯洁甚至特异和古怪的灵魂所独有的魅力。特别是在世纪末的焦思探求之中,对我们来说,很少有一个作家会像鲁迅一样意味深长,让人慨叹让人警醒,同时又让人陶醉;他作为心灵的标志,一个人在蜿蜒曲折的穿行中一旦触及即再也不会忘记。

四

每个作家、每个人,都会与自己的时代构成某种特定的关系。就一个时代与一个人的紧张关系上看,就作品和人的行为的刻记上看,当时还没有一个作家可以和鲁迅相比。时代变迁,人与客观社会的对应性质并没有改变。任何人都不可能一直在空中虚漂,不可能假设和虚拟自己的立场。而一个活跃在半个多世纪前的思想者留下的精神财富,却能鲜活地保留到今天,这无论如何不能不说是一个奇迹。

我们承认,在人类的思想史和艺术史上,有一些人作为现象虽然可以一直存在,却要因为时过境迁而不同程度地陈旧和褪色;他们的价值一旦离开了自己的时代,也就大打折扣。但是鲁迅的思想和艺术却顽强地活在我们的时代,他的文字仍然真实确定地对应着当下。

这就是鲁迅留下的最了不起的一笔遗产。人性中最匮乏又是最普遍的精神,正是他当年执着的领域。他始终坚持知识分子独立判断的精神,从不人云亦云,从不屈服于金钱和权力的胁迫。对于在任何时代都能够造成广泛而强大的压力之源,他一直是一个韧性的反抗者,一个清醒的战士。

当年那些闲适的作家，帮闲文人，甚至也包括左翼，都不具有鲁迅的犀利和顽强，不具有这种坚韧和清醒的品格。他对国民性、对知识分子的批判，对生存现状的剖析，对不公平的愤慨，对罪恶的揭露，特别是他的不妥协性，自始至终都超越了一般的团体利益，而能够直指人类的痼疾。

他作品中的人物栩栩如生地活在当下。他所指斥过的嘴脸还摇晃在今天的街头。他的忧愤如在眼前，他的悲怆未曾平息，他两指中燃烧的辛辣的烟仍然呛得我们两眼泪花。彼时的悲情和黑暗、辛苦与艰难，更有无法度过的挣扎之夜，谁会感到陌生吗？

鲁迅之所以具有永远鲜活的现实意义，因为他对应的正是人类和生存。

我们尽管像重复一句套话一样絮叨着责任感——作家的责任感，可是望遍苍茫，真正杰出的作家无不承担起社会责任，无不哀疼民生。他们从未因各种理由而玩弄艺术和丧失良知。鲁迅的立场具有充盈确切的人性内容，当宏阔的时代主张脱离了人的生存，他即刻放弃的仍然是那些主张。在他那里，即便是最偏僻的人类灵魂的角落也得到了挖掘。为了疗救和生存，他是直面人生的、无可顾忌的、退到了绝境上的勇士。

责任的永存，就是人类的永存。我们从鲁迅的作品中感受到的，常常是焦灼和激愤的目光。往前看，未来有许多未知藏在苍茫之中，但我们知道苦难永远地横亘在那里。如果在此刻回头，我们会被一束目光又一次地照彻或激励，这就是鲁迅的目光。

2004 年 3 月 19 日

坚信强大的人道力量

——答《语言教学与研究》

俄罗斯作家与人道力量

托尔斯泰一族在我们许多人眼里是高不可攀的,事实上也是如此。他们那一批俄罗斯作家直到如今仍然站在了文学和精神的高巅上,让人仰望。如果去过俄罗斯,可能会有助于对那些作品和作家的理解。那是一片世界上最开阔的土地,横跨欧亚大陆,孕育出了一些伟大的文学人物、思想人物。他们作为作家,是精神的探求者,一生拥有并始终坚信强大的人道力量。这是今天的文学写作中特别稀少的。比起他们存在的那个时期,我们二十一世纪的文学版图是非常可怜的。如今已经没有了那样的巨人,而只会无聊地嘲弄,包括嘲笑那样的巨人。

回顾那个世纪,比较一下,尽可以藐视今天的文学潮流。无论这样的潮流多么汹汹滔滔,都不必害怕更不必依从。个人应该有独立的见解,即便以一个人的单薄之躯,也仍然可以抵御和反抗这样的潮流,这并没有什么大不了的。其实当年的俄罗斯文学家也并非在适合自己生存的潮流里畅游,而是相反,他们一生都在反抗,在逆流搏击。

现在往往相反，写作变成了尽力适应：适应市场，也适应下流，最后让自己靠近了下流。这种跟随和妥协多起来，潮流就会形成，人们将不再相信人道的力量。那时候的生活里将交织着利益和盘算，攀附和追逐，人活得不会更加顺心，而只会格外痛苦。

时代的阅读 / 当代作家

阅读不一定要有什么严格周到的计划。阅读不过是一场寻找，是渴望与另一些人、一些灵魂的相遇。百年一遇的伟大艺术和思想保存在书页中，这就是我们活着的幸运。人生如果说还有比这个更幸运的事情，大概也不会太多了吧。不过，有人可能以为只要是有名的著作，就有那样的保存——现在看可大不一定。名著形成的原因也有很多，有时并不一定因为伟大和卓越。一种稀有的特色可以使一部书变得著名，尖叫也可以让它著名，但我们知道，这样的书可不一定卓越，更不一定伟大。当然，一个读者也不必非伟大而不读，他完全可以阅读趣味。这又是另一个问题了。

当代写作也是历史上的作家所不能取代的，因为我们活在同一个时期，遇到的是相似或相同的问题，看看他们是如何理解这些问题并在多大程度上解决和面对这些问题，这绝不是一件小事。所以说阅读当代作家是必须的，无论这个当代有多么"渺小"、作家有多么令人失望。说到底任何时代都会拥有自己的杰出人物，关键要看我们能不能辨认他们。否定一个庞大的集体或一个时代中杰出的精神个体，都会是非常危险的。

平时所说的"小时代"，就是垃圾淹没和遮挡了巨人的时代。

我们的阅读，就是寻找，就是拨开一道道眼障，以便望到古代和当代的巨人。我们喜欢的就可以读，但我们喜欢的，也不一定全是巨人写的伟大作品。

文学的预言 / 一个假问题

许多人反复预言文学的死亡，这既不正常又很好理解，因为有许多人在好意地忧虑和担心，还有许多人是纯粹的外行——不熟悉文学，站在很远的界外，于是就会有一些不着边际的话说出来。雨果和左拉当年都回答过这类问题，看来几百年前就有人这样预言了。可见事实并非如此，这个问题从来都没有成立过，是一个假问题。文学就是人，人存在，文学怎么会死亡？

人的存在方式不同，文学存在的方式就不同。这都是正常的。英国文学老太太莱辛说了一段话：那些不停地宣告文学要死亡的人，都是一些不会写作的人，他们不会写，于是也就认为写作无用、写作活动早晚要结束。老太太这句话说得有趣而通俗，这里可以参考一下。

文学就是人。文学是一个很大很遥远的客观存在，就像山脉和空气，可以谈论它，而且它从绝对意义上看也有个寿命的问题，但它对比我们个体的生命，那种存在是不必天天讨论的，因为以个体之小与山脉之大是不成比例的。许多人一天到晚在讨论一些不成比例的事情，除了滑稽还有什么？

有的文学少年一开始学习写作，就不断地谈论文学死亡的问题，浪费了时间。文学是那么大的事，像日出日落一样大的事，大可不必天天谈论和忧虑。他所要做的，就是好好写作或不写作。

阅读是一次感动 / 坚持的自信

任何一个作家都有不足之处。但有的作家首先给予的是巨大的感动，这使我们根本来不及也不可能去谈什么"不足"。因为这毕竟不是一次冷静的作家研究，而只是文学阅读，是一个作家对另一个作家作出的感性评判。热爱和热情，钦敬和折服，这极有可能就是全部。阅读说到底是一次慨叹、一次被感动。

事实上世界上任何地方的人，无论他离我们多么遥远，人性都是极其接近的，只是外部的一些生活习惯与我们相差较大罢了。不同民族间那种深刻的文化联系，在阅读中每时每刻都发生着，但它们大多数时候是潜隐的，而不是明晰条理的。比如说阅读的欣悦，这种欣悦有时恰恰就来自文化冲突的结果——你好奇你才觉得有趣，你比较它们也才向往它们。

我们一些浅薄的时尚追逐者总以为自己是最解放最时髦的，总是为经济发达地区的一切去叫好，实际上正是老土的特征和表现。钱和享乐，物欲的极端例子，从来不是什么新东西。思想和艺术，这才是最为宝贵的。我们古代圣贤的一些表述和思维方式，经常在今天一些西方大师那儿找到对照和呼应。可见最本质的人性的力量和美，放到全世界、放到古今中外都会理解，它们甚至无须翻译——我们的思考和阅读建立在这样一个基点上，就会有吸收的自信和坚持的自信。

放电现象／冷峻的发现

文学创作中的一部分，比如小说这种形态，有时要展现貌似平凡的日常生活细节。但只要是文学，骨子里仍然是诗，是极不通俗的生命的核心。生命在极为感动或感激的某些瞬间，的确会有一些特别的发现和表达，有激烈的非同凡响，有神奇的感悟——它相当于天空大气中的"放电现象"，所以才说文学是"生命中的闪电"。

一个作家杰出的文学表达，其赞美部分，不是对自己或他人（生命）的拔高，而是对人性的深入，是对人性突然的、冷峻的发现。反过来也是一样。人性也有令人惊愕的丑陋和肮脏。

不同的粗暴／物质的腐蚀力

我们并不认为现在的写作就一定是历史上最困难的时期，也不一定遇到了难以克服的问题。任何时代，不是有这样的困难，就是有那样的困难。孙悟空一路上遇到的妖怪也是各种各样的，它们都不好对付。问题是每遇到一个妖怪，就要解决了它再往前。总是认为眼前的妖怪才是最大最难以对付的，是夸张了，是不准确的。

文化专制主义是粗暴的，商业化市场化就不粗暴了？它同样粗暴甚至更加粗暴。认识不到这种粗暴并且还在享用它，走向可怜的快活和依从，自得其乐，也很可怕。有时候人是极怕物质优待的，物质对人的腐蚀力超强一等。"威武不能屈"是一回事,"富贵不能淫"又是一回事,二者大概不能相互取代。

对人的敬畏 / 历史的经验和依据

说到中国文学未来的希望,不能不说到人口众多这个事实。人多的地方当然比人少的地方更容易产生杰出的作品。十三亿人口是一个真实存在,而不是虚拟。这么大的一片土地,这么多的人在苦斗,在磨砺,精神和艺术上产生巨人的可能性比较起来当然还是最大。小国寡民也有机会,但不能说机会更大。

我们民族的历史上出了多少文学巨人。这就是历史的经验和依据。

有的省份就接近一亿或一亿多人口,这是多么庞大的人群。这么大的人群里又蕴藏了多大的秘密,有着多么巨大的挖掘力和表现力,都是难以预料的。

这种设想不是什么简单的民族自豪感,而是源于对人、对生命的敬畏。

主人公与作家 / 读者的自由

人有理由经常为自己的软弱而不安,不能对自身的魅力和力量太过自信。读者或其他方面会有所鼓励,但只可存在感谢。软弱,却不能随波逐流,还要尽可能朴素真实地思我所思、言我所言。可以没有崇高大纛，但基本的文学理想、生活理想还须具备。我们特别不能认为一切的崇高都是假的，特别不能认为一切的牺牲都是傻的。自己做不到的伟举，却要相信人世间是存在的，因为总会有人做到。

主人公不必是作者自己，或自己的经历和经验。但作者一定对其有过长期的、深入的体味，这是自然的。创作出的人物与作家的关系不能不说是神秘的。现在有将写作者与作品截然分开或紧紧相系的做法，这种两极的理解都不对。

作为一个写作者，比较苛刻地生活着，作品才能有一点点不同吧？这个问题从来都是很难回答的。

人如果想松弛无忌地生活，又能有独特的写作，这只会是一种奢望吧？

当然人是自由的。可是读者对作家的厌恶和轻视以至于藐视，也都是自由的。

对不平等耿耿于怀 / 不同的色彩

作家不是招摇得起来的那种所谓的"名人"。那是可怕的一种人。作家是沉默工作的人，就像农民一样劳作。农民的土地，别人走过来看到庄稼，就知道这儿有个耕种者。大概理想的作家和他的工作，就应该是这样吧。

好的作家不太在意自己的声音巨大或者微小，也不特别在乎效果，只是觉得应该发声了，就自然地说出来。这样的一生既是一种生活，也是一种成就。

我们关注生活，关心人的生存。我们只对人类的不平等耿耿于怀。

这是无法掩饰的。我们写作，因为我们无法掩饰。我们爱着生活中的许多，所以我们的写作才会有不同的色彩。只有认真地生活着，才有写作的内容和技巧。

感性和理性 / 重复自己

评论家对作品的理解自有他们的道理，这会让作家琢磨着。但写作活动是自然朴素的，有更多的感性。理性一旦压迫了感性，这个作家就危险了。理性并没有压迫感性才是正常的，作家长时间沉浸在性情之中，并不说明这个作家是傻乎乎的。相反，过于精明熟透，倒有可能藏下了创作的危机。

好的作家变化再大，大致还是沿着一条自己的路径往前。这条路径是必然的，而不是刻意追求的。思想和艺术之路如果给人跳来跳去的感觉，那一定是不祥的。

那些非常自信的作家，才敢于写同一种人物和生活，并且一直写下去；他们敢于写同一片土地，一直地写下去。这也许需要更大的力气。这是通俗作家所不具备的一种力气。比如美国的索尔·贝娄，一生尽写犹太知识分子的困境与尴尬，离婚，司法困境，还有纠缠不休的思索，有人就说他重复自己。他可能觉得没法解释清楚吧，只好调侃说：我重复自己总比重复别人好吧。

贝娄的话要解释起来的确是非常复杂的。他的原创力太强大了，而不是相反。有人恰恰不理解这些。写作，这是并不通俗的心灵之业，有时候要说清一个道理，写上一本书都不够。

谁来阻挡垃圾 / 中学生的阅读

在学校中，有阅历的老师多了，对写作的认识才能深刻。前边说过，小的时代，就是用渺小的东西掩盖了巨大的东西。这个时代不是没有好的作品和作家，而是被垃圾淹掉了。教育者和评论者本来应该是阻挡垃圾的人，但有时也会发现：恰恰相反。

中学教育是个大机会。中学生手捧垃圾让人格外绝望。他们到了三十岁再懂事，再知道鉴别，再去看好的作品，靠近大心灵大艺术，是不是太晚了一点？中学教育让读者从小学会良好地阅读，引导他们，这个工作很困难，却是极有意义。那些极浮浅的、连话都写不通顺的所谓"文学作品"，不是有很大一部分让中学生买了去吗？阅读走到了如此境地，我们还有什么话可说？哪个国家才会这样呢？

知识分子 / 低级错误

一个时期，整个的文化气氛比什么都有力量。所以要有勇气说话。忍气吞声，一言不发，可能是畏惧气氛。写作、教学，都是发言。不敢发言，自私自利，就不必当教师，也不必当作家。把作家和经营文化产品博利的商人混同一起，这是庸人才会犯的低级错误。

告诉大家这个低级错误是怎么发生的，就是发言，也是阅读的第一步。

作家本来就是知识分子，作家如果只是讲故事的人，这并不算什么。哪有杰出的作家不是知识分子的？不是知识分子的作家，只会是比较平庸的人。

比较平庸的人写出的东西，会是杰出的和有趣的吗？这大可怀疑。

我们并不满意自己，也从来不是那种自我感觉良好的人，相反我们知道自己的危机和处境，所以我们仍然还有自己的敬重者，有榜样，如此而已。

2009 年 4 月 30 日

把文字唤醒

——在大众讲坛的演讲

三十年前的读与写

1990年，明天出版社曾经出版了我的小说集《他的琴》。这不是我出版的最早的一本书，却是对我具有特殊意义的一本书。其中最早的一篇小说《木头车》是1973年写的。严格地讲，它才是我最早的一部作品集。它概括和代表了我三十多年前的阅读和写作，等于是那一段写作生活的全部。

对我来说，当年的阅读成为最有吸引力的一件事，也是非常困难的一件事。因为当时在一片林子里，别说是图书馆，就连接触人的机会都很少。只要传到手里一本书就感觉珍贵得不得了。有时候得到一本喜欢的书，看了一遍又一遍，晚上睡觉还要把它放在枕边。

后来能看一点儿翻译作品、中国古代的书，如《红楼梦》，还有一些武侠书，一些革命作品。很少。我还记得第一次读到鲁迅的散文集《野草》，封面暗绿色，上面画了紊乱的野草。当时我不能说完全看懂了这本书，但能感觉它的深沉和美。那是我小时候读的唯一的一本鲁迅的书。后来读了巴尔扎克的书、陀斯妥耶夫斯基的书——他有一本《白痴》，让我怎么也读不懂。几乎所有的字都认得，却读不懂。

当年没有电视、没有网络，连收音机都很少。我们最信任最依赖的，就是纸上的文字，是阅读。我们对文字本身有一种神秘感和敬畏心，有一种追究和探索。比如书中自然段的划分吧，这对我就很神奇。为什么从这里分开？依据是什么？方言、儿化音、生僻字，都让人心向往之，都要问一个究竟。我们对于文字、对于印刷品，真的有一种非同一般的敬重。所以我们很理解中国古代"敬惜字纸"的说法。我们对文字有情感。

我们就是在这种状态下开始阅读文学作品、学习写作的，文学之路就从这里开始。

今天，打开一部当代文学史，会发现一连串的名字，这些人几乎都出生在四五十年代，或者稍晚一点。他们就是在我熟知的那样一种气氛下阅读和写作，进而成长起来的一批人。和现在的许多文学起步者有所不同的是，他们对文字有过那样的一种情感，并且一直继续下去。他们比后来者更依赖文字，有一种叩问和求证的精神。如果一个字、一句话写错了，很难宽容自己。

最早的文学开始大多写诗，我也一样。因为一些长短句子、押韵，很符合少年的文学冲动。我写了大量的诗，再后来才是写散文、戏剧、报告文学，最后是短中长篇小说。这种文学训练的过程，好像是各种体裁都尝试一遍，并且由诗进入。对诗歌的这种迷恋和爱好，对我意义重大。很多人都认为我是写小说的，甚至简化到主要是写长篇小说的。实际上当然不是。我在二十多年的时间里以写短篇为主，而且从来没有放弃诗的写作。诗对于语言、意境、音乐性，有一种更高的追求，它对一个人文学道路的牵引力是最强的。现在的小说，特别是长篇，在社会上的阅读量很大，在文学中占的比重也很大。但是诗仍然在我心里占有最重要的地位。我曾经说过:"诗是文学皇冠上的明珠。"

我永远不会放弃诗的写作,可能一生如此。很早的时候,大概只有十几岁吧,那本唯一的也是著名的诗刊要刊发我的一部组诗。这对我来说是多么了不起的消息,它引起的兴奋无法形容。又过了一段时间,因为形势及其他诸多原因,组诗不能发了。这又令我多么沮丧!如果发出来的话,我可能会更加努力地写诗、一直这样写下去吧。

诗给了我巨大的馈赠和恩惠、巨大的满足。它给予的那种幸福感让我不能忘记。我不是诗人,可是我永远忘不掉诗,永远忘不掉在散文和小说中把诗人的热情一点一点、不曾间断地释放出来。

初中毕业后无学可上,我们一帮同病相怜的失学少年聚在一块儿,发了疯地模仿起一些大诗人的作品,不停地写起了长诗。没上高中非常痛苦,我们把对文学的理想和信念,以及没有升学的愤慨,全部寄托在长长的诗句之中。

我们那一代人对于文字的信赖,对于书本的痴迷,是现在很多人无法理解的。有人也许会问:你今天,还会把自己喜欢的书放在枕边吗?是的,但更多的是放在一个很小的柜子中,我只把自己最喜欢的书藏在里面——而我的大书架子上,却有成千上万、几万册的书。我每隔一段时间就从小柜子里摸出一本书,这本书会让我获得持久的幸福。我读了十遍或更多,仍然入迷。这种让我不能舍弃的书大概有四五十本,都是一点一点积累起来的。

只要你对书的情感仍然停留在三十年前,没有泯灭,或迟或早都会找到这样一些书,把它们放到枕边——或是类似的什么地方,你会有这样的地方的。你在不停的阅读和筛选的过程中,会慢慢地变得心里有书了。

有人说,你的那只小柜子里可能百分之八十是小说吧。不,里面的小说连一半都不到。理论书,科学家的书,宗教书,什么都有。

现在有不少孩子想当作家。为什么？其中有的出于挚爱，有的却认准了这是一条名利之路。他们不是因为作家伟大，因为文学可以为自己的民族镶上一道金边，不是怀着一种敬畏作出了这个选择，不是。他们没有心怀崇敬和自豪去爱文学，满脑子就是怎样畅销、怎样出名。他们对于阅读的迷恋，对于文字的依赖和忠诚，根本没有；至于对词汇和语言的执着与敏感，还有起码的专业忠诚，一开始就没有。一个人从哪里出发是不一样的，这对他最后能否抵达是关系重大的。

我们那时候对于写作的爱，基本上无关乎名利。所以我们能够迷于文字。我们是如此认真地、反复地推敲它们。如在一个自然段里，我们不能使用同一个词，甚至不能使用同音或相近的词；在同一句表述中，不能重复同一个字或同音的字。还有音调和节奏：我们写出来以后不知要读多少遍，默读，从声音、平仄上感受它是否悦耳。就是说，我们不仅要把意思表达得清楚，还要让其有一种好听的韵律，所谓的一唱三叹。诗就是讲节奏的、有音乐感的。词与句的对错是一回事，讲求它的音乐感又是一回事。我们对自己的文字养成了极其苛刻的习惯，追求高度的完美。不仅用字要准确，而且还要求字形优美。同一个意思的表达，可能还有选择什么字的问题。有的字的样子不好，用在这个地方显得很丑，那就要更换。有人说汉字还有丑俊吗？有的。汉字是象形文字，怎么会没有丑俊？还因为词序的排列、语境的问题，有些字就得被苛刻地挑拣。还要考虑到字的直观表意性质，比如说"倔犟"，我一定要用带牛字的"犟"，因为我心中这个人就是有一股"牛"劲的。

我们当年觉得作家是最了不起的职业，最不可思议的人物。那是人生的神秘吸引，而不是过生活的一条路。这种概念是怎么形成的，一时难说，但我们的少年时期就是无比地钦佩作家，就是要仰望和追求。也有人非常钦佩科学家、政治家和军事家。但我们选择的是作家。

作家伟大而奇特的灵魂、语言的能力、丰沛的诗意，他为一个民族提供的思想和意义，负载的荣誉；他的可记载性、在文明史上的地位，是这一切吸引了我们。

我从未郑重其事地表明自己是一个作家。因为这个概念在心里形成得太早，即等于伟大和崇高，所以我只能说自己是一个文学写作者，一个爱好者。目前称谓混乱，一些称号公然被当成了职业称呼，于是发表了一些作品的当然也就成了"作家"，何等荒唐。事实上哪有这么简单。有人会说，"家"也有大小之别，我们是小的"家"，这总可以了吧？可是他忘了，再小的"家"也有个基本的指标，有个门槛儿，况且凡是伟岸的称号，都不是当代更不是自己可以随意使用的。

三十年前我们绝不敢如此轻浮地对待一个称号。我们的阅读和写作还笼罩在一种神往、勤勉、追求的气氛当中。这种气氛已经成为记忆，它不但至今难以忘却，而且还将伴随我们走得更远。

何为文学阅读

现在打开网络，可以看到各种各样的写作。快速地浏览式的阅读，来不及在闪烁的光标下一个字一个字地去读，没有这种耐性，也没有这种信赖。作为网络写作，他们甚至认为看得懂就可以了，句子对错无关紧要。既然如此，读者的仔细和缓慢也就太划不来、太傻了。一掠而过最好，或者根本就用不着看。

就这样，阅读受到了伤害，进而又伤害了写作本身。今天的读与写，形成了一种恶性循环。

一个时期、一个民族的语言状态和言说方式，表现和印证了这个民族的特质，其内涵、情态、信心和力量等等，都从中显现出来。这个民族是否认真，有无恒力和定力，有无追求的意志，都能够从集体的言说方式上得到表现。

语言的演进有一个过程。中国的新文学发展从白话文开始到现在，虽然受到大量翻译作品的影响，经历了不断的演进和变化，但仍然植根于中国古代经典。它一路跟着新的社会发展下来，成为活的、变化的、跃动的和生长的，在一天天前进。它成了一个民族、一个时期最精炼最灵活也是最有生命力的表述和概括，是一个民族语言的牵引，是一个民族语言的奔跑。所以文学的语言直接影响到一个时期新闻的语言、一般的生活用语，甚至影响到公文写作。相对枯燥刻板的公文是在文学语言的牵引下，缓慢而又谨慎地往前行走的，它需要在等待中接受最新的表述，包括一些词的使用。

观察中我们可以发现，一些杰出作家使用的句子和词汇，以及他们的言说方式，大约需要两三年的时间才到达一般的作家那里；再过两三年即到达新闻媒体和学生作文中；最后，又是两三年之后，就开始出现在公文当中。这就是语言演进的大致轨迹。当然，再杰出的作家也要向民众、向生活的各个方面吸纳语言，但是最终的概括和升华，是完成在他的手里。

我的意思是说，网络和繁杂的通俗劣质传媒，破坏了一个民族在语言方面的正常演进，造成了整整一代人、一个时期无法深入准确地表述，进而失语，对人们的心态和思考形成负面影响，积成了实际生活中的创造障碍。因此，如何唤醒越来越多的人进入文学阅读、理解文学阅读，就成了整个民族的、至关重要的一件大事。

现在人人都痛感浮躁对人的伤害。无趣、寂寞，求助于网络、电视等声像制品，结果不仅没有缓解这种症状反而使其更加严重。刺眼的灯光效果，闪烁的光标，五光十色斑斑驳驳。可是它反衬了现实生活中的人，却让他们显得更加灰头土脸。要抱怨找不到对象，要做事没有方向。不自觉地过去了一天，明天又接踵而至，一天一天就这么消耗掉。而过去，我们有一杯茶、一本好书，几乎什么都有了。你现在试试看可不可以？大概不行。因为已经丧失了对书的感情，书太多了，让人反感和要扔掉的书太多了。一句话，我们被淹没在声音和文字中，我们无法选择也无力鉴别。我们的眼睛和耳朵都已经太疲劳。

我有一位朋友，他说苦于找不到好书。我送给了他一本，结果第二天让我看到了一个疲惫而兴奋的他。他说读了一夜的书，说怎么还有这么好的书！可见真正找到了一本好书，读进去，全部的想象空间被占满和利用了，跟着书中的一切去设想去游走，那种感觉真是好极了。他不是一个文学中人，一本小说却能把他如此吸引。他现在正读这本书的第三遍。可见人世间好书还是有的。

二十五年前省图书馆的朋友为我找来一本地质游记方面的书，结果给了我长久的快乐，至今还带在身边。那是"文革"时出版的书，它的每一个字、每一句话在我看来都是美的，好极了；真正的艺术品，无比朴实，连同封面和装订，处处优美。可见任何时候，好书都是有的。

关键是读书要有个心情，有个方法，有个区别。不是对文学作品的语言文字评价高于一切，而是指它们需要完全不同的阅读方式，就好比不同的食物需要不同的吃法一样。读文学作品，一般而言关注的重点不是它的情节，而是细节；不是中心思想之类，而是它的意境；不是快速掠过句子，而是咀嚼语言之妙；不是抓住和记住消息，而是长久地享用它的趣味。

一部作品里没有直接说出的话，所谓的话里有话、隐在字里行间的话，还有意味，都要品读出来。文学阅读就是还原作家创造那一刻的感慨、不安和兴奋。文学作品主要不是读故事、不是读情节，而是在细节中流连，展开悟想。人是具有幽默感的，人能够靠想象编织别人的生活。每个人都有实际生活经验的支持，这在文学的阅读中至关重要。这些能力不是受教育得来的，或者说主要不是受教育得来的，而是先天所具有的。这种能力或者在后来的教育中得到加强，或者被覆盖、歪曲和丧失。所以我们常常可以看到这样的现象：有人在进入大学或深造之前，是很能在好作品中感动的，这之后却读不懂了，变得不辨好歹了。

有一个从事哲学研究的朋友对我说出一个困惑，即现在有那么多的小报网站、那么多的信息传递渠道，我们接受的刺激已经够多了，为什么还要读小说之类？这等于问文学何为、其存在的理由，当然是一个大问题。我仔细想了，对他说：你通过眼睛和耳朵去捕捉和了解的社会信息，它和文学阅读还完全不是一回事。文学阅读会让你慢下来，以获得文字和语言的快感。比较起一本绝妙的深沉的小说，你所看到听到的那些信息和故事，它们还是直白、简单多了；它们没有独特的想象力，表述上也不够讲究，显得粗糙多了。而且好的文学作品的意境、它的细部，还要靠你自己去想象——这个过程就是再创造。你要靠自己去把死的文字唤醒，并把它们立体化、还原成鲜活的生活。声像网络不太需要那么多的思想，你只是"知道了"而已。文字的阅读，一千个人读，会因为每个人的教养资质不同、每个人的思想方法及性格的不同，产生一千个差异巨大的结果。还有，真正的文学作品是现实中不会重复的东西，它仅仅是一些极为个人化的虚构世界。这才是文学的魅力。文学的语言多么讲究，文学的意境多么高远，它的气氛、它的人物，这一切是多么的奇特。整个文字的帷幕后面总是站立着一个人，这就是作者本身，一切的奇特都来自这个人。

人与人的差别是巨大的，这就是生命的神奇。

文学写作和艺术创造是一种神秘的、不可思议的工作。它甚至不能靠集思广益，不能搞群策群力；它只能靠独特的灵魂、特异的生命，靠生命在某一时刻的冲动和爆发。它的结果是不可替代的、个人的、永远也不可能在这个世界上出现第二次的活的风景。一千个人能代表和再造莎士比亚和屈原吗？当然不能。他们是不可以用智慧交换的，也不可以用技术再生的。

随着年纪的增长，我越来越愿意买精装的书，最好是全集。我觉得那么伟大的灵魂、那么好的艺术和思想，就应该用最好的包装把它保护起来打扮起来。大套书摆在那儿，不是为了排场为了好看，而是要从头看下来，以了解这个人的灵魂深处，了解一些转折，看他一生对这个世界有多少感情。畅销书作家为什么总是少一些价值？就因为比较起来，他们对我们这个世界没有感情，他们不牵挂我们的生活，不牵挂我们数千年的历史，也不牵挂我们的未来。面对全集，由于时间的问题，可以一边翻一边看，粗读细读不一。一部全集，就是一条生命的长河。我们有可能知道这个人是怎么生活的，怎样从少年到青春、到壮年、到晚年——他刚进入这个世界的时候，心灵状态是怎样的，到了青年、壮年时，又有多大的创造力，到了晚年有没有垂死的绝望、思想是否清新，等等。这等于回忆自己的过去，认定自己的现在，想象自己的未来，看看伟大的人物，看他们当年与自己的时代是怎样产生摩擦的。

我看到一幅好画喜欢得不得了，可是我更喜欢看画家的全集。我就不相信一个人全部的创造痕迹放在这儿，你就窥不见他的心，你就不了解他是一个怎样的人。我对他们的理解、音容笑貌，有时觉得远远超过对生活中熟人的理解。这就是文学艺术的魅力所在，它说到底是人的魅力。

有一位作家

有一位战争时期的作家，自幼聪颖过人，酷爱文学。他同时要为一个理想奋斗终生，所以参加了队伍，边打仗边写作。这个作家一直让我尊重和崇敬。有很多人的写作都在模仿这位作家，我更是如此。他的作品，我每一个字都读过，这份景仰无以言表。现在好多人一读到那个时期的文学，就要先有几分轻薄。其实不必。那时有一些作家是非常纯粹的，当年就为了救国，为了把国家从危难中解救出来，倾其所有，撇家舍命。做人要纯粹，求主义、求真理，都不能掺假，这和对待艺术是一样的。作家一心向着名利，就不是真正的作家。他没有上过大学。他的写作有一种单纯的力量、强盛的力量，今天看起来仍然打动我们。这种力量是永恒的、无限的。比较那些过分简单地将文学与革命、革命与人性对立的作品，他的写作今天看来，仍然葆有其丰富性和宽阔的感性空间。

他是坚定的战士，骨子里又是很唯美的。他追求完美，浪漫气质与生俱来。即便在极"左"的年代里，他写女性，写爱情，写人性之美，写自然，都那么饱满……随着时代往前发展，到了网络称雄、全球一体化，到了我们又兴奋又无奈的当下，他也随之跨入。一切都在风里，人可以把门关上，可是呼吸时却要进入血液。每个时代都有好坏间杂的东西，毒素进入体内，就需要强大的免疫力，让白细胞把它杀死。这位作家头脑非常清醒，他对极"左"时期的思想禁锢和文化专制，有过极为深刻的批判。可是他也毫不犹豫地痛斥物欲统领一切的时代风气。

同样是老作家，有人对物质主义、对强大的欲望控制下的生存是十分适应的。有的人在一些场合总是笑着，不停地说着："青年多好啊，那是我们的未来啊！我相信未来啊，一片光明啊！"这让人看了听了很舒服。宽容、信任、乐观，没有什么不好。其实呢，说说吉祥话儿，博个口彩，原是不难的。难就难在凡事有个分析。我们会发现，他们没有说为什么相信未来、根据是什么，也没有说对青年充满希望的理由，更没有说对哪些青年充满希望。

　　而我尊敬的这位老作家却不是这样。他远没有那么乐观。面对全球一体化语境下的欲望泛滥、物质主义的全面入侵，他愤慨忧虑，痛心疾首，写了大量文章谴责和呼吁。他对一部分青年、一些现实，失望甚至绝望。他期待有更多的责任感和历史感。他忧虑到什么程度？那是真正的忧伤绝望。七十多岁的人了，非常痛苦。纯粹的人，其痛苦总是非同常人。多少年了，我想见他又几次却步，总觉得有机会当面表达心中的敬爱。我总是把时间往后推移。

　　有一次在北京开会，开得很长。老作家的弟子想约我一起去他那儿，并且定了个时间。可是因为心里没有一点准备，也太匆忙了，结果还是没有去成。回来不久，我却知道了一个胆子比我大的文学青年，他早就拜访过老人了。他说了去见这位老人的经过，满足了我急着要知道老人是怎样一个人、喝什么茶、家里藏书多少、起居细节等等。他说去时带了礼品：一点核桃、绿豆豇豆、一些牛皮纸——老作家喜欢包书皮。看这位青年想得周到，送牛皮纸、核桃等，礼物像老人一样清爽淳朴。我真想和他一起去一次，可他后来都是自己去的。最后，几乎是一个偶然的机会，我突然又得知另一位中年作家也见到了那位老作家！他回来详细说道：作家现在很老了，非常不愿说话。那天老作家问他从哪里来，他说从济南来，老人就说到了我——中年作家说那是俺邻居，老人沉思了一会儿，说："你多跟他交谈啊，要站住脚跟……"老人只重复了这么几句。中年作家很轻松地说出了这番话,并不知道对我意味了什么。他不知道我正听到了从小崇敬的人——关于我的谈话!

一个人一旦被一种文字、一种情怀和美所击中,大概一生都不会忘记。物质利益会忘记,被精神的射线所击中,则不会忘记。这天晚上,我自己出门,一个人登到了南郊山顶,又到白杨林里,走得很慢很久。我需要平静自己。就是这个白天,我得到了最大的消息、最大的肯定和最重要的人生叮嘱。这种激励,足够了。

大约在他去世前四五年,一个出版社的朋友去找老人谈出版作品集的事。我这个朋友也是一个唯美主义者,他对老人喜欢敬仰极了。他准备把老人的书出得漂漂亮亮,让封面、印刷装帧及一切方面完美无缺。他每出了书都要反复抚摸,就像对待自己的孩子。他去了,三四天以后回来,情绪极坏。他说:以前我见老人总是谈得很好,想不到,我们这次几乎没有说话。老人失望了——不,是绝望了。他这些年里先是不愿参加社会活动,再是不愿出门;现在连屋门都很少出,长时间躺在床上。不愿吃饭,不愿说话。头发胡子很长,瘦得要命。他说,他当时给老人鞠躬,然后说了出版的事,儿子还大声重复客人的话,老人却只是翻翻眼睛,啊啊两声,把脸转到墙的一边去。儿子很抱歉,小声对客人说:父亲头脑很清晰,但是……只喝一点儿稀粥,人不会长久了。

不久,老人去世了。

我多么痛惜。我对那份坚毅能够理解。我们是两代人,对生活细节的评价和处理方法可能有许多差异,但他憎恨时代的丑恶及永不妥协的精神,永远让我钦敬。对比那些总是"相信未来、一片光明"的哈哈大笑者,我更信服这位老人。他能让我想起鲁迅。

我们可能不太同意他以这种方式来表达,但是我们会对他的这种选择、他的立场更有他的牺牲肃然起敬。我不能想象他头发很长、胡子很长、一点一点煎熬自己那时的心境,但我知道他是我们时代里最沉重的一颗心。在心灵的天平上,还没有另一种重量可以把它平衡。我会记住他说给我的话。

两难的时代

未来是怎样,青年是怎样?我不敢不负责任地随便放言。我口说我心,我必须问问自己,你是怎么看待未来的?我承认自己很难回答。我只能如实地说,我对未来充满了忧虑。但是为了未来,我不会放弃任何积极的努力;我又是怎样对待青年的?我不能说自己不相信青年,但我对青年同样充满了遗憾和疑惑——尽管如此,我对这个时代青年当中的杰出人物还是感到了由衷的宽慰,甚至为和他们同处一个时代而感到高兴。

我不是一个简单的乐观主义者,既积极也消极。我正尽一切努力,以自己的积极战胜自己的消极。这可不那么容易。

现在网络纵横、西风劲吹,整个的欲望都解放出来呼唤出来了,剩下的问题怎么办,那就全看我们自己了。泥沙俱下,目不暇接,阅读品不是要什么有什么,而是常常让我们瞠目结舌。一些网站、图书、影视,更有其他媒体的渲染,所见所闻充满感官刺激极尽撩拨。还有大学,本来是令人向往的地方,她通常代表青春和知识,是一个国家的希望所在,可是有一次我因为要查资料打开了一个大学的网站,竟吓了一跳。我不敢相信自己的眼睛。大学生们在那里互发帖子,那是怎样的语言、怎样的观点、怎样的素质,你会不明白他怎么考上大学的，更不明白有的还是研究生博士生。这不是寥寥几个帖子，而是相当大的面积。其中少数正常和正气一点的，有些许义愤的，必定遭到围攻和嘲弄。既然如此，当我们谈论青年和未来的时候，还敢于轻易放言吗？

生产总值大幅攀升，社会生产力空前解放。言论环境也变了，仅就文学创作而言，已进入从未有过的多产期。我们有大量的作品，各种各样的作家。无论偏激也好、不偏激也好，现在到了真正考验人的精神和创造的时候了。对于一个巨大的事物，人的反击和抵抗也需要拿出同样大的力量，这种对决必要留下自己的痕迹。能这样坚持的人，他想平庸都办不到。一个僵化和板结的时代有什么意思？那只能让创造的精神沉沦下去。时下，好的作家，杰出的作家，也许正在产生或已经产生，但更有在欲海中沉浮招摇的作家，更愿虚名盈世，被金钱欲望牵得越来越远。其实，每个时代的杰出艺术家本不会多，看待一个艺术家十年二十年还远远不够呢。一百年产生几位就不错了，剩下的就是互相不可取代的、有特色有意义也有价值的作家艺术家了。每个人都在写自己的生活、自己的经验，所以其表达是不可取代的。观察艺术和文学，如果不能视野开放，仅拘泥于当下，肯定会觉得满目疮痍，会有极大的不满意。这是正常的，因为我们不自觉中正使用了更大的人和艺术来作为参照。

现在，只有现在，这种泥沙俱下、混乱不堪的创作格局中，一个作家能够坚持自己，同时又具有不凡的才能，那么留给一百年的机会还是存在的。

所以我们一方面忧虑，一方面又不无乐观。我们常常处于两难的境地之中。我们对经济的飞跃、物质生活的大幅度提高，有一点儿庆幸；同时又对人的贪婪、强横、无理和野蛮，对环境的难以修复，感到锥心之痛。我们常常要在两难之中生活、思考和创作，有时不免陷入悖论。在野蛮者眼里，什么文学、艺术、人类几千年来形成的最珍贵的思想，什么永恒和伟大，只用一个脏字就可以打发了。在这样的情势之下，我们的生活还会有什么希望？可是没有希望，放弃积极，很可能沦落到更不堪的、极度恶劣的情绪之中，这当然是不行的。于是我们需要更多的勇气和智慧，更多的坚持和奋争。

无论什么事情都是有代价的。世界上很少有什么事情不是两难的，即所谓的福祸相依。如果发现不了核能，原子弹不会有，人类就此毁灭的危险也没有，可是巨大的核能源也不能利用。超级大国有了核武器，十三亿人口的国家如何坐视？经济不发展，无法强国，无法自安。历史有过再好不过的说明。保护环境说起来容易，做起来很难。因为我们已经把人的欲望、物质主义的欲望调动起来，释放出来，再与环境相谐相安已经难上加难了。事实上，这种道理不是我们今天才发现的，这种两难也不是我们第一次提出的。伟大的哲学家罗素，那是何等伟大的人物，他到中国来考察了一番，而后说了这么一段话：中国的儒家思想太好了，它倡导的生活方式，对物质和思想层面的把握非常好，是一种优雅的文化。在这种文化指导下的民族会是非常安逸和文明的。他说只可惜，世界上还有其他的文化，即西方骑马民族的文化，那是物质主义的、掠夺的文化，你这种田园诗般的生活无法与其共存。可见大哲学家罗素早就想明白了，我们人类实在处于一种两难之中，没有更好的办法。所以今天的拼搏，说白了只是一种追求生存的斗争。问题是我们要明白，人在这种两难中仍要有所作为，要拿出更多的智慧和勇气才行。我们还不能随波逐流。无论做什么，还是应该有一点理想。要关怀这个社会，不能丧失最后的一点公益心和正义感，这不是空洞的大言，而是最基本的东西，更是生存所需。

开讲之前，许多人希望讲一讲刚出版的长篇《刺猬歌》，我还是没有讲。为什么？因为一个作家要写三十多万言才能尽兴的东西，他自己在这里用一席话去概括，会是相当危险的。既然需要那么多的语言才能表达，简化和说明只会造成歪曲。你们听了我今天的演讲，也大致会明白我的新书会写些什么。至于它是怎么写的，有怎样的语言和细节，是否会给人以语言的享受，那还要自己去判断。谢谢。

（2007年1月20日，小标题为整理时所加）

城市与现代疾患

——答《中国城乡建设》

逃离城市 / 城市与现代疾患

现在看,越是现代大都市越是不适宜于人的居住。无论是国外还是国内,实际情形是,城市人要做的一件事就是想方设法摆脱自己的城市,尽快逃离——全部逃离或部分逃离。只要能够逃开,具备这个条件的,就是人生一大幸事。弄到最后,大约只会剩下没有办法的老百姓了。结果只能是他们在城里苦熬。

那些忘情地赞扬城市的城里人,大半是居住在特殊小区里的人,比如是一处有草坪有大树,还有门卫的大院里。还有一部分虽然也在熬着,却从心里喜欢城市的,那就是因为一些极特殊的个人理由了,比如特殊的癖好之类。现代人陷入的一个最可怕的困境,就是不得不居于自己亲手创造的一个怪物的体内——这是一个急剧繁衍的大都市。这里空气污浊,噪声刺耳,交通堵塞,食物陈旧,人流拥挤,已经没法体面地生活,却又一时离不开。人自己最后成了一座城市的奴隶,而不是主人。

医治城市顽症是世界性的问题。当今的世界上，几乎所有致命的错误都发生在大城市里。解决城市问题，其实就是解决人类的未来。由于缺少大自然的抚慰，城市的确集中了相当数量的现代精神疾患和生理疾患。

缺少人性化的生活／水泥

我没有看到过能够让人舒适生活的大城市。现在每到一个城市，给人的一个强烈感觉就是再也不能这样了，这里需要彻底改变，我们不能再这样过下去。对于城市建设，要下一剂猛药，要有一种革命化的思维。不能仅仅是改良，而是要彻底改变它：它的节奏，它的道路，它的空气，包括它的气味和颜色。

我们扪心自问：难道我们人类几千年追求的居住文明，我们的理想，就是在一起拥挤、在一起喘污浊的空气吗？难道在杜甫悲唱的"茅屋为秋风所破歌"之中，我们中国人就找到了今天这样的居所？

有路难走，有车难乘，有家难回——更可怕的是，我们几乎再也没有什么安静可以享受，每个人都在噪声的包围中无处躲藏。这就是所谓的现代城市、大都市。

令人惋惜的是，现在许多动手搞城市建设的人没有什么想象力，更没有追求完美之心，其结果就是，大半的城市都搞得很丑陋。在许多年里，我们这儿的人不仅对树木没有感情，而且简直就是以树为敌。所以我们年年讲造林，讲绿化，到头来还是生活在水泥堆里。

没有绿色，没有空地，干燥的水泥堆砌起来，一座连一座挤在一起，这里面的大小空隙就塞了一个又一个家庭。这会有多少幸福可言？

这真正是缺少人性化的生活。无数这样的形式叠加累计，最后组成了一个个区域，这就是所谓的城市。在这里，绝不可能有第一流的物质和精神的创造。

树木、绿色，它们与城市的关系必须来一个颠倒。理想的居住环境，应该是楼房插在树木的空隙之中，而不是树木插在楼房的空隙之中。我们也许可以断言，这个被颠倒的关系一天不重新颠倒过来，城里人就一天没有幸福可言。

看看城乡建设，我们浪费了多少土地。我们许多年来已经习惯于在最好的耕地上建城市，而且没有任何节制。最适合种粮食的地方却不一定是最适合盖房子的地方，最后只能造成这样的恶果：吃不好也住不好。

野蛮和粗鄙

我们的城市，往往把一些常常露脸的地段建得好一些，比如楼盖得高一些，贴贴金属板或玻璃之类。其实这样不仅无济于事，反而更显出了规划者的小家子气，显出了虚伪和捉襟见肘。在这些地段的对比之下，大面积破烂的市区就显得更加不能容忍。还有，这样的地段也无非是簇新的高楼大厦而已，哪里会有什么文化积淀，更没有自然美。没有自然美历史美圆融一体的城市建筑，没有浓烈的人性化格局和人文气息，再高大再现代的城市建筑也是野蛮和粗鄙的。任何一座城市，其自然之美和历史之美原来都有的，但早就被我们的一些"开拓型人士"给干掉了。

现在存在的一个可怕问题，而且非常普遍的，是许多地方都以野蛮粗鄙为美。让人不理解的是，一个有五千年文明史的民族，却要在一切方面都退向"初级阶段"。我们天人合一的自然观呢？我们关于和谐的传统美学观念呢？这一切在建筑和城市规划上，到底体现在哪里？

危机时刻／想象力的退化

如果说我们现在的城市建设到了一个极端危机的时刻，这绝不算是什么危言耸听。看看一座座街道相似、楼群相似、"小区"相似的城市，就会让人觉得窝囊丧气。不仅是这样，即便是在同一个所谓的"高尚别墅小区"里，每座小楼的样子也往往一模一样。

我们的想象力已经退化到了这种地步，真是夫复何言！

城市建设应该尽量节省耕地，这本来是一个实际而又浅显的问题。可是我们这些年各地却在走一个相反的道路，就是把最好的耕地建了房子。其实那些最不适宜耕作的地方，有时往往会是盖房子的好地方，比如海滩、河滩、荒地等等。有的小城本来离不能耕种的海滩不远，却愚蠢到非要在最好的农耕地上兴建新城区不可。

说到规划，我们这里一直是可有可无、没有什么常性的。过去没有城建规划，后来勉强有了，城区之间如何分布的大规划却又没有了。这同样糟糕，因为不仅有个城市怎么建的问题，更重要的还有个在哪里建城市的问题。

拆除历史的人 / 城市交给文弱书生

现在越来越多的人害怕旧城改造。本来一些城区破烂得不堪入目，改造也是一种必然。问题是谁来改造、怎么改造。有的老城区在文化人看来非常美，在一些城建者那里看来却是非常的丑。到底是谁错了？是文化人过于多愁善感，还是具体操作的人太粗鲁？我们观察下来，一般都是后者。一些决定拆和扒的人大半没有什么文化，有的权力不小，可惜识字不多。他们哪里谈得上什么人文素质人文关怀，基本上属于文化方面的造反派。他们压根就不懂建筑同时也是一门艺术。

他们一方面改造旧城，一方面也在拆除历史。我们一般而言是没有权力拆除历史的，因为这是一个极大的权力，需要一个相当复杂的程序来赋予才行。对权力范畴的模糊无知，是一些傻大胆的愚夫干出蠢事的原因。他们哪怕面对一座几千年的古迹也敢拆，挽挽袖子骂一句粗话就可以动手。

城市建设必须交给一些"文弱书生"才行。这样的人一旦熟悉了工作就会有真正的建树。因为"文弱书生"才有长期的文明滋养，文心纤细且敏感动人，会有特别的怜惜心和完美心。我们的建设事业在许多方面之所以干得一塌糊涂，主要的问题就是用人不当。"文弱书生"的"弱"不一定是身体之弱，而是指文心的纤弱。一些武夫干起事情来总是不计后果的，这些人用来冲击和起哄当然好，但凡是建设事业、凡是谋划与平衡大局之业，往往并不是一时一事的痛快，更不靠一阵冲击起哄所能解决。

无知的权力意味着灾难

在一座城市一个地区,野蛮的力量一旦掌握了城建的权力,就是普通居民的灾难。因为拆与迁一类事情是关系到许多平民利益且决定着城市风貌的大事,所以这一类事业的枢纽要掌管在具有人文关怀的艺术型知识分子手中才好,而单纯的建筑技术专家只能是配合者和参与者。因为只有具备人文情怀,才能最好地顾及群众利益,才能对城市的长远发展有诗性眼光。

无知的权力就一定意味着灾难,意味着腐败。那些粗鲁的开发商当中有相当数量的唯利是图者,他们一旦没有了遏制,就会给一个地区造成不可估量的损失。他们不会对环境负责,当然更不会对民众负责。他们只追求自身利益的最大化,同时也是对平民和公众利益的最大盘剥者。

相对于开发商,居民总是弱势群体。一个地区权力的运作常常会带有极大的可疑性。这就给一些开发商带来了另一些可乘之机,使房地产开发的过程中产生一些藏污纳垢之所。

所谓专家/诗性成分

一切都取决于人。在城建方面,没有规划固然不好,有了糟糕的规划就更坏。长期以来,我们不仅受到不依规划乱建之苦,我们还受到了低水平规划或错误规划的戕害。现在的一些不可容忍的建筑区域的形成,有许多直接就是极坏的规划造成的。

我们讲依靠专家搞规划,但很少问一些关键问题,如找的是一些什么专家、专家又是怎样构成的,以及如何选择专家方案。在专家们形成了许多方案的前提下,我们的决策者很有可能从中选择一个最糟的方案,因为决策者的素质才是决定因素。还有,仅从专家而言,一些单纯的技术专家为了自己的方案被采纳,是极善于揣摸领导意图并做出许多妥协的。这样的规划结果当然值得怀疑。

所以,我们将一再地提出规划过程的科学化:让人文知识分子特别是艺术型人才的决定性参与,以增加整个规划的诗性成分。这是我们未来城市建设能否走向健康发展的关键。

许多人总是误解,认为规划与城建是一种单纯的专业技术。这种误解会给我们的城建造成难以想象的缺损。因为城市建设是最需要强调人性内容的,是立体的、多重和多元的艺术。没有什么比城市建筑更能集中和直观地呈现一个地方的人文素质和文化风貌了。

城市与人的尊严 / 可疑的"发展"

在人类历史上,居住状态和居住方式往往体现了一个时期一个地方的文明程度,特别是人的地位和人的尊严。现在,中国的城市往往是很好地照顾了一小部分人的尊严,而大多数人的居住条件是很差的,哪里还谈到什么尊严?即便在一些大省的首善之区,大多数居民也没有一块活动的绿地,没有一条像样的人行道,更没有自己的社区图书馆和医疗诊所。他们作为纳税人本来是有资格享受这些的,因为这都是现代城区里最基本的东西。

　　现在我们只要到大多数居民区里看看，就可以很容易地发现这里的环境是多么糟糕：小贩号叫，垃圾遍地，尘土飞扬，车辆乱行，居民们没有一刻的安静，也没有起码的卫生条件。这些事实明摆在阳光下，可就是引不起多少人的痛心疾首，为什么？因为他人已经"熬"出来了，他们因为各种各样的原因住到了设备较好的小区里，已经有了保卫，有了门岗，更有了花坛雪松之类，所以大可不必为平民操心。在有些人那儿，剩下的事情就是胡说八道了，说一些无关痛痒的大话。

　　有的人极愿意把"发展""抓住机遇快速发展"挂在嘴上，并且从来不强调发展与环境的关系。为什么？就因为他们自身并不住在被糟践得一塌糊涂的环境中，他们出有豪车居有华屋，当然不顾群众怎样挣扎。

　　其实不计后果地大搞野蛮建设，就是对这个民族最大的破坏行为。
　　一切不能将民众的具体利益纳于视野的所谓"发展"，都是极其可疑的。

2004 年 5 月 26 日

悲观与喜庆之间

一

"发展"是个令人兴奋的话题,但是今后人们将不得不更多地盯住自己的生存环境,自觉不自觉地进入权衡,以判断自身的承受能力。

在这样的时刻,无论是个体还是群体,都会隐隐渴望把握当代的伦理依据,用以消除置身现代潮流中的悬空感和自卑感。下个世纪也仍然不会有什么幻想的奇迹,有的只会是劳动、喜悦、受苦、勤奋、煎熬、伤痛、欺骗、情爱,这些日常的东西。

每个时期都有一团时髦围逼过来,但其中的大部分不是解除而是加深了大众的痛苦。所以,下一代好的艺术家一如上一代,也仍旧是怀念,是自我的怜惜和自尊,是背向大大小小各色各样的啦啦队。今天,看看模仿中的滑稽和失态,再看看寒地的星星炉火,真是无言。

但是,新的时代毕竟来了,大声喧哗中的美好吟哦时有发生,人们已经在断断续续的喜庆中忘记了悲观;当然,有人认为悲观也是没用的。

二

由于智识阶层更多地居住在城里，所以他们能够敏感地体味所谓的"数字时代""全球经济一体化"的含意。现代传媒在使世界变得更加容易沟通的同时，也让人丧失了思考沉浸的空间和独立想象的可能。

在这种状态下，知识分子或许要警惕自己变为一个时髦群体、一个浮浅喧闹的喝彩者。恰恰是今天，我们必须一再地提到文字的作用。因为在两个世纪交替的时刻，文字理应显示自己在现代交流中的核心力量和主导性质，进一步提醒和确定自身与声像技术的区别，自觉担负起提高一个民族文化的重要责任。

任何一个时期，离开了对思潮特别是对技术主义的批判和质疑，就会失去一个时代的伦理依据。在今天，大概比以往任何一个时期都更加需要关注和认识基层，特别是广袤乡村的边地山区——因为现实生活既可以做任何知识的化学测纸，同时也是它们的主要来源。所谓时代的伦理和时代的深刻，实际上也正是取决于我们能否深切地关心民众。

三

我们慢慢接近了一个最悲观的命题。即便是再大的喜庆也不能抵消它的哀伤。我们还会发现,所有的喜庆都来自他人的需要。有人为了将这场喜庆强化得更真实,非常需要一个普遍的误解:这喜庆是自己的。

很少有人认识到:对于节令的误解会导致可怕的后果。

因为说到底,节令不过是人类关于生命意义的最大程度上的一次认识趋同。于是,利益和权势集团最乐于做的一件事,就是强迫人们接受他们制造的节令。他们为了自己的目的而制造节令,编造庆典。

在现代,要进行这一切活动就越来越离不开传媒。传媒在此是真正的同谋者、事端制造者,当然也是民众意识的扼杀者。如果有人提出对现代传媒来一次生硬而彻底的拒绝,那就一定会被指斥为当代的歇斯底里。可是,民众又会有多少选择?具体到一个人,他又会有多少选择?答案将是非常悲观的,而彻底的悲观必会产生极端的行为。

飞速发展的技术与精神的极度衰落,生成了我们这个失衡的世界。我们越来越对技术失去了控制,这就是我们悲观的根源。

四

技术的强大是因为它的自身属性,即它与精神的根本不同——技术能够有效地积累。而精神、道德伦理范畴的东西,却很难继承性地呈现线性发展。精神总是在不断的质疑和否定中,在绝望与颓丧的交错中,还有——在理解和表述的双重晦涩里,一次又一次失去。

果然,我们多少年来一直特别害怕"清谈误国"。可是我们没有能力向另一个方向伸展思维,没有问一句:丢弃了清谈的实干能否掘掉自己的未来?奇怪之极,回避"清谈"的同时却常常也在回避民众。因为我们意识中的民众往往与"实"而不是"虚"连在一起。我们差不多完全忘记了,正是那些大"清谈家"当中出实证主义者,出清新而深刻的思路,更出高屋建瓴的风范。只有真正伟大的民族才会有自己的大清谈家。

这个时刻我们不由得想到了战国时代的稷下学派。那是一大帮清谈家,时代宽容了他们,他们也恩惠了时代。没人会忽略了历史上的这个繁荣的"百花齐放"时期。

物质主义者对于其他,特别是对于思想,从来谈不上什么崇敬之情。物质主义者误认为自己才是世界的创造者。其实物质主义者的能力充其量不过是一种自然的力量,具有一种自然属性。它本身并不能创造,它只能被用来创造。而使用它的,也只能是思想家。

五

人们会问自己,人类处于一个数字时代还能做点什么?在技术称雄的神奇时代,作为一个人,似乎更加不必束手就擒。只要不是被数字缠得死紧,只要尚可以呼吸,就能够有所作为。我们如果能在深刻的悲观中进一步理解这个世界,我们也就有可能走进自己真正的喜庆。反对技术主义正是为了求证科学,正是为了推进人类的认识。没有一个繁荣的时期是被单纯的技术主义牵引出来的,也没有一个思想家会同时又是一个技术主义者。

实用主义者正因为是目光短浅的人,他们讲求效率,力倡务实,所以也就掩盖了特别有害的一面。他们的自私与狭隘是时代性的,所以他们耗损与伤害的会是整整一个民族。

这里自然又回到了"深刻的悲观"这个话题。是的,在这个新世纪之初,我们的确需要从这里起步。

2000 年 2 月 14 日

对世界的感情

——答《南方周末》

真正丰富的内心世界 / 寻求原则

我一直坚持自己的写作,用心用力和现在差不多。在那些讨论前与讨论后也是一样。我并没有直接参与那些讨论和争论。我被引用的一些文章,大多是八十年代初期中期的,而讨论却是九十年代的事,可见我并非是为了这场争论而写了那些文章。这一点,评论家李洁非在一篇文章中说得十分中肯。

那时的讨论、争论很多,言辞过火是常事。但那是文化界寻求原则的一个表现。知识分子的自私首先会毁掉自己,而不是他人。

作家要有韧性。顽强地坚持自己,写下去探求下去,不为喧哗所动,这其实应该是一个基本的品格。作家也不要被喧哗所塑造,无论这喧哗是来自美意或恶意。

作家如果内心世界丰富,真正丰富,别人对他就没有办法了。作家如果善良,真正善良,别人对他也就没有办法。

方言是真正的语言 / 情感的支持

方言才是真正的语言。对于一个人而言,方言比一门外语更重要。现在很少有人意识到这一点。如果不是由于一些交流场合的方便,我从不离开方言。

我的全部作品都在写小时候生活过的地方,写林子和海之类。后来写了闹市甚至国外,也是由于有了对林与海的情感。它们在情感上支持我,让我成为一个能够永远写作的人。

人的立足之地 / 葡萄园并非世外桃源

一个人要有一个立足之地才能有发力的可能。写作是一种发力的方式。现在和过去有许多写作是失败的,就是因为他们的作品不能发力,因为作者没有一个立足之地。有人说,精神上有立足之地就可以了,是的,不过谁的精神又是凭空而来的呢?

环境决定人教导人,是人的定数。我是想让环境开化我。像我这样一个能迁就的钝人,不依赖环境就要糟糕了。

龙口到处都是葡萄园,它们有悠久的历史。有人在前些年的指责中说我不该到葡萄园里,说这是乌托邦,要到改革第一线之类。这在我听来真是怪到不能再怪。种葡萄是很苦的事,有人读书多了就成了胡思乱想的书呆子,以为葡萄园等于世外桃源之类。在龙口,葡萄园就像煤矿、工厂一样，也是改革第一线。有人总觉得只有自己才在改革第一线、时代第一线，别人都在第二线或不在线，这样不好。

我在葡萄园，可是我也在线。

龙口是国际葡萄酒城的生产基地，不让龙口种葡萄损失会很大。

我没有孤独静处，我只有正常的生活和写作。不停地写和读，到葡萄园和海边林子中，这才是我从小习惯的生活。

写作是和庸俗做斗争 / 探险的乐趣

写作是一种真正的快乐，是劳动和创造、想象的快乐，不写作就会走入落寂。有什么比创造自己的世界更快乐的事情呢？人如果渴望改变世界，那么写作是一种最可靠的途径。人可以在想象中决定一个世界，这时他是真正自由的。

人也只有在写作中才最不容易重复自己。做其他事情，常常会重复，这就没有了新意。

写作是和庸俗做斗争。这多么具有挑战性。一个人一天到晚想办法不庸俗，这既有意思又很浪漫，在商业社会里当然是很男子汉的事情。

支撑我写作的动力太多了。创造的诱惑、探险的乐趣，更有战胜平庸的奢望，还有把其他烦琐和机巧看成小菜一碟的傲骨，这一切都会激励一个写作者。

梦想的边缘／一次特别的沉浸

我总是想，只有这部书（《能不忆蜀葵》）才让我摸到了自己的文学之梦。不是梦想的全部，而是它的边缘。我知道这一次触摸到了，一搭手就知道。梦想与其他任何东西一样，也具有自己的质地。一个人从事文学三十年，大概会知道什么才是他的梦想。这不是狂想和虚妄，仅仅是自己的一个梦想而已。

它也许在很多地方都超不过《外省书》，但我深知它是梦幻般的美丽，是一次特别的沉浸，是无法表述的对生命的感激。有人说《外省书》是这些年来我唯一能够与《古船》和《九月寓言》相比的作品。我不想说什么。因为我难以把心血之作相互比较。

世界上最迷人的故事／"对付"这个词

有人说我的书，比如《能不忆蜀葵》，关注的领域有了变化，这种变化是写作策略的调整。其实不是策略也不是调整。主人公是否是艺术家并不重要，重要的是有这样一种人：这种人在用什么办法对付自己的时代，是这个让我动心。一个人、一种人，在任何时代里都必要受到对付，可是他们受对付的方式是怎样的，他们自己又是怎样对付自己的时代的？这个研究起来意思大了。这里，"对付"这个词不是相处和凑付的意思，一点这样的意思都没有，而是与折磨和苦难相近的意思。最权威的圣经译本里也有这个词。

不同的人受了不同的对付,他们也对付了不同的时代,付出的不同,采用的方式也不同。当然,他们的故事也就不同了。关于对付的故事,是世界上最迷人的故事。

难以回避的共同命运 / 不让人幻想之路

艺术之路是不让人幻想的路。如果不满意商业时代,那么还有更加冷酷的其他时代。真正的艺术家是用自己的一生与庸俗做斗争的,而另一些人何止平庸,他们简直就靠投机和低贱吃饭。艺术家会有什么命运还不明白吗?这是一种共同的命运,比如他让你想起"高尚是高尚者的墓志铭"这句诗人的格言。从事艺术者,有许多并不是艺术家,完全不是,而是一些哆哆嗦嗦的人。有人以为一哆嗦就成了艺术家,想法卖点书啊画的赚点小钱也就成了艺术家。人生哪有那么便宜。

一个会怜悯的人 / 高贵的作家

清贫者并不影响其高贵。不高贵的人会随时做金钱之类的应声小虫。我说过的话没有什么,仅仅是几句人所共知的大实话。我不知道一个作家应该是另一种状态。这是基本状态。他也可以写其他,但本质上要是一个会怜悯的人。有人说怜悯和同情是一种居高临下啊,要真正平等地对待底层啊之类。其实这是在玩弄说辞。一个人"深刻"到了连同情和怜悯也要挑剔的地步,你与他还有什么话可说。

一个对人间苦难麻木无情,只顾玩弄文字的所谓作家;一个哆哆嗦嗦的所谓作家,可以存在,但不必尊重。人们瞧不起这样的作家是可以理解的,因为他们从来不愿意承担,更没有思索任何重要的问题。

民族的悟想 / 十三亿人口中的作家

距离让人清醒,比较总是必要。东方的文学,特别是汉语言文学,西方要认识它,要基本读懂它,还需要漫长的时间,但更有可能永远也读不懂。据我观察,一个东方作家一旦对自己的创作真正失望了,他们就会把希望寄托在西方的承认上。

西方的某些汉学家是可爱的,然而又是浮浅的,这是非常明白的事情,但没有人愿意说出来。许多人一搞文学,在行当里变得知名了,爱洋人就超过了爱真理。洋人努力理解着我们的文学,其可爱有目共睹。但要他们一下子进入如此复杂的一个民族的悟想,这不是太难了吗?

其实所有想用洋人唬人的写作者,都是不自信的,也往往是低能的。或许有人说,这样的话最好要由被洋人承认者来说才好,可是到哪里去找这样的人呢?要想说真话就不能回避。

当然,艺术的交流、它的意义,那又是另一个话题了。

说到格局,十三亿人口中的作家,别人怎么和他们谈格局?汉语写作,别人怎么和他们谈格局?

不害怕思想成灾 / 有勇气回到朴素

我对自己的探索并不满意。活着就必然要想事情。我不太害怕思想成灾的人,因为这样的人往往不朴素。有人说得好,看一个人是否真正有思想、真正深刻,还要看其有无勇气回到朴素。这真是一个重要的指标。

有人能把花花词说得头头是道,其实是最没有思想的人,什么也不懂。一个人蔑视思想,没有思想,就会一头扎到花花词里。

清晰和洞察 / 批评依赖阅历

写作的人对评论不太研究。这是两个世界和层面。有许多理论家是相当清晰的,他们的洞察让人感动。他们的视野开阔,有强烈的关怀。

我现在对努力从作品中得出结论、急于得出结论的批评不太看。如果结论那么容易找到,作家就不会写上十几万二十几万字了,作家又不比他们傻。批评首先应该是沉浸——如果作品能够让其沉浸的话。对文字没有什么感觉,总是忙着填写"通过什么、表达了什么"小考卷的人,难以指望他们有文学见地。

批评与创作几乎完全一样,它在许多时候是依赖阅历的。当然,也还有才华、真诚之类因素。

中国作家的坚韧与坚持 / 萨特

萨特无论有多少不足都是杰出的,这样的判断可能没有问题。他的激情、生命力、正义感,都没有问题。有人想在这些致命的方面发现问题,是一种太过严格的挑剔。

说到中国作家,那也是各种各样的。国情也是各种各样的。几十年看下来,中国的火热烫人的作家不是没有。中国作家的坚韧与坚持,同样也让人感动,或许更加让人感动。中国没有萨特,但是中国有另一类勇气在胸、正义在胸的作家。中国作家的表达可以和萨特不同,可以有距离,但总算还有他的同类。

形势和走向 / 小数之间的差异

在精神方面,形势和走向愈加明显。但是我们也不必悲观。我们甚至可以认为这才是正常之态。我们不妨问一句,六七十年代的文学大致又是什么样的?这一问就可以发现,一个时期有一个时期的症候,超出大气候者毕竟小数。希望恰恰也只在小数。我们所要比较的只是这一部分,是"小数"之间的差异。因为这样的比较才有意义。

如果我们是一个关注当代文学,却又没有感到普遍厌倦的人,那就不对了。文学的普遍状况总是很好,常常很好,搞文学也就太容易了。如果以为写作不需要巨大的付出,那就错了,那么走上街头一砖头抛出就会砸坏好几个作家。

一个人不能轻易说自己是一个作家或批评家。因为是否配得上这样的称号,还需要时间的检验和鉴别。

作家的理性和气节 / 大写的人

坚硬粗粝的文体也是艺术的要求,有时甚至可以说是更高的要求。它至少比一些副刊散文和智性小品有力,比一些枕头拳头好吧。索尔仁尼琴的人格力量,也在于他的艺术。他不因苏联时期的残暴而屈服,也不因西方的厚待而溢美,总是尽最大能力保持理性和气节。他既批评极"左"的冷酷,也揭露资本主义。什么叫知识分子?他给我们今天的作家上了真正的一课。

当然,这样的人不会教给我们更多的过好日子的技巧。但他是一个通常所说的大写的人。

非同常人的意志 / 生命的诗篇

强大的生命力,激情,更有伟大的道德感,非同常人的意志,是这些合在一起。他用自己的生命,写出了人间最伟大的诗篇。人的一辈子能喊出那么两句就足够了。

有人以为只有走到他的反面,去助恶,去无耻,去下流,非如此而无不朽之诗,那只能是痴心妄想。

几句界说/五十岁

诗人，作家，是人类当中的沉默者或尖叫者，是一种自然现象，如同乌云和闪电，它们要足够黑和足够亮。

我不曾安心，也没有实现理想。因为我不是人类当中的沉默者，也没有发出尖叫。到现在为止，我对以前做过的关于作家和诗人的几句界说，也仍然以为是对的。

在五十岁之后，我可能会有真正好一点的写作。我有这样的预期。

2002 年 8 月

"个性"和"想象力"

一

不知从哪里说起,就让我从几个基本的老词谈起吧,比如"个性"。作家和理论家对这些基本的词儿大概绕不过去。当然了,一个优秀的作家必须是有个性的。可是我们多年观察下来,会发现一些很有趣的现象:我们经常注意的,最为称许的,往往是一个作家很小的、局部的、有时甚至是微不足道的东西,比如说语言姿态、讲故事的噱头,还有某些所谓"出格"的表达,等等。这固然是"个性",或许非常好也非常重要。但仅仅这样还远远不够,因为有时候我们不能从更大更高、全局的意义上,更退远一些把握"个性"。比如我们缺乏将作家从整个时期整个群体的创作倾向和精神潮流中区别出来的能力(或意识)。如果说前一种区别和分析只是鉴别"小个性"的话,那么后一种分析则是鉴别"大个性",也是真正意义上的"个性"。

这种寻找需要时间,需要距离和高度,一般讲更难做到。所以有时候我们对"小个性",局部的,细枝末节的,很敏感也很容易认识,津津乐道。但我们对于"大个性",比如说写作者与一个时期精神流向的对应关系,与这个时期艺术趣味的对应关系,却视而不见或不够注意。一个时期的文化趣味、精神倾向性,是有自己的总的流向的,有自己的脚步、自己的节奏、自己的色泽。每个时代都有自己最时髦的东西。看一个作家,比如自我审视,回顾十年或更长时间以来的创作,就要看是否顺从了这种时髦,要看其艺术追求和精神指向,是不是完全顺从了这个时代的流向。如果是完全合拍,或顶多是快一点慢一点,反正大家推动的东西我们也在推动,这就大可怀疑有没有个性了。

这时要停下来,要怀疑自己。实际上我们许多时候既没有发现什么,也没有创造什么,只是以自己的方式("小个性")跟随和推动着,参加时代大合唱。我们作品中大量的肯定或否定,热衷的东西,与主流意识形态基本一致,有时只是潜性的一致,不过是外表不同,使用的语言不同,更爱使一点性子而已。我们的思想真的与上上下下都很合拍。看看吧,改革开放以来我们一直在不停地一路解构下去,是很合拍的。其实我们的可怜之处,在于我们使用的不过是文学的符号和手法,其内在精神、内在作用,与上上下下的表达意愿,总体是一致的,趣味也一致。退远一些看即可知道,我们哪里有什么"个性"!

大学、报刊、电视网络,许多时候都是综合进入一种时髦的,顶多是依赖一点自己的语言方式而已,即"小个性"——如果其中大部分连这种"小个性"也没有,那大家是不会理睬不会叫好的。但总体上看,许多创作确是处于这种缺少真正个性的状态。我们现在收视(阅读)率非常高、受到极大追捧的部分东西,也包括我自己似乎值得自喜的某些东西,其实没有什么"个性"。我们没有在一路涌动的大潮流里站住,没有自己的思考发现,没有我们自己。

时间是无情的,几十年过去,历史还是要记住"大个性",而不会太在意仅有一点灵性、聪明、爱狂欢会顽皮、花花哨哨的东西。有时候我们老在谴责快餐文化、快餐作品,实际上我们自己整个的就是一道快餐。我们理解问题，表达思路，哪有什么大眼光，基本上沉不住气。看作家就是这样——缺乏"小个性"不会成为作家；而没有了"大个性"，什么优秀、杰出、伟大，压根都是不成立的。

再说"人品"，这也是个老词儿。通常说人品和人格最终决定了作品的高度和成就，这种说法既朴素又准确，非常深刻。但由于反复说，又是一些大词，一旦失去了时代内容和具体内容，反而显得浅薄可笑。实际上那种说法一点错都没有。我们对人格和人品不能做褊狭的、肤浅的、概念化的理解。我还是得说，现在杰出的作品少，关键还是作家关怀的力度、强度和深度不够，没有更高更大的关怀，还是人格问题。这种强烈的关怀，执拗如一的人格力量，最终还是决定一个作家能否走远的最大因素。

立场、情怀、强烈的关注力，需要在时间里贯彻。这种力量有时是非常缓慢地被送走、被理解的，它会以自己的方式打动世界，需要去感悟。创作者会留下极大的感性空间，这个空间留得越大，创作越是自由，越是个性，越是出现许多连自己都把握不了的一些意蕴。不能用逻辑意志去压迫，不能丧失千姿百态的逸出和饱满。

我还是非常喜欢一些老词儿，我比较保守。比如人格、人品，仍然要谈，因为它们仍然决定了最终的创作。现在有时理解起来则正好相反，好像只有坏一些才能写出好作品大作品似的。这怎么成，说白了，他对追求人类进步追求完美没有感情也没有愿望，真的黑暗起来了，不是可怕吗？一路解构，还能解构到哪里去？

当然，走入理解上的简单化二元化也是可怕的，文学既不是揭发信也不是表扬信，表达大关怀甚至也可能使用反艺术的方式去处理。文学问题相当复杂，对世界的艺术把握相当复杂。看看，人们连当年那个语境下的"垮掉派"都没有否定，仍能肯定他们对于人类的成长和世界的进步所具有的意义。不过晚垮掉不如早垮掉，那是很久以前外国的事了，现在语境变了世界变了，一路模仿下去可不灵。今天，我们甚至都没有否定物质丰饶之地的那一类极松弛极无聊的写作，因为我们看到了文字背后透出的一种荒凉和绝望。可这需要是真的荒凉和绝望，是另一种意义上的真实彻底，还有纯粹。

二

当代生活与创作，是个很宽泛的题目。现在的社会生活、现实矛盾，往往表现得非常激烈，已经远远超过了作家的想象力。生活中的故事，其强度、曲折性，作家们想都想不到。而由此我们也发现，越是处于社会各阶层激烈对抗的时期、个体和社会的对应关系处于十分紧张的时期，文学创作，特别是小说创作，作家的想象力反而会出问题，会萎缩。而当处于一个社会相对平和、人的生活相对舒适、自然环境和人文环境较好的时期，作家们的想象力倒是比较发达，虚构能力强大起来。如西方发达国家的一些作家，他们在形式创新中极尽能事。文学的形式技法方面的革命，往往是发生在他们那里的。他们用在形式探索方面的力气很大，文字也极精致。但是统观起来，好像这些作品内容上有点苍白，没什么意思。

照理说，处于动荡变革中的社会生活，往往更能够刺激出作家强大的虚构力，但实际情形却常常相反。形式上千奇百怪的小说、大胆想象与架构的作品，不一定出现在第三世界。当代生活与小说创作的关系就这么奇妙，好像剧烈的现实生活正压迫着作家的想象力。超越这种局限，大概需要个体的强大，只有强大了，才能冲破这种压迫，获得自由。

说到想象力，我看起码有两种不同的想象力。一种是较大幅度的"情节动作"，如编织离奇的大故事，比如《西游记》《变形记》《聊斋志异》，其中有难忘的猴子造反、人变甲虫、狐狸魅人等等。这种想象固然需要，这也是作者的勇气、生命力和胆魄的表现，但是否还有另一种更难一点的却又长久不被人注意和认识的想象力？

人们长期以来太过注重剧烈和离奇的故事，所以格外看重这方面的编造能力，甚至误以为这就是文学想象力的全部或主要部分。其实文学的想象力的重心，并不表现在这儿——或者严格一点讲，这不是真正意义上的文学想象力。正像社会生活中的千奇百怪直接记录下来毕竟不是小说一样，仅仅是幻想出一些怪异的故事也还不算文学。文学的想象力和刚才说的大胆编造幻想仍然有所不同，而是更内在更复杂一些。比如说它可以是通过个性化的语言去完成和抵达的一个复杂的过程。文学作品写出的完全不是现实生活中一再重复的故事，而是经过了作家独特心灵过滤的东西。苛刻一点讲，文学的语言也不是生活的语言，而是虚构和创造出的一种语言，就是说，真正意义上的想象力首先从语言开始，然后是细节，再然后是作家自己的一个完整的世界。

想象力其实是对语言的把握能力，是通过语言进入细节和独特世界的一种能力，是一个个绵密的细部的展现能力，而绝非仅仅是一些大幅度的编造勇气。这种编造比较起来是没有难度的，是可以重复和仿制的。文学的想象力既需要付出一生的劳动，更需要天生的个性魅力。我们常说"只有说不到的，没有做不到的"，就是指各种故事的发生是容易的，而"说"本身却是难的。作家写不到的故事，生活中已经发生，这是古已有之。可见我们今天强调的想象力，不是比谁更能编能造，比谁更能想出什么虚玄奇怪的事情，而是比怎样通过个人的语言去抵达奇妙的细节。整个事件的过程由细节表达，这些细节你无法看到，所以只有依靠想象力。这种能力，才是小说家的想象力——通过语言，展示细节，完成一系列非常复杂的过程。小说家的想象力当然要包括情节，但最重要的不是情节，而是细节，说白了，直接就是语言本身，是"说"。

我们也许长期以来对于想象力有一些误解，比如无法把握它的重点和重心。从这方面讲，就不是小问题。什么才是真正的文学想象力，这不是个通俗的问题，所以常常弄反。由此我们也就明白，为什么越是变动激烈的社会，反而越是压迫了人的想象力——它让我们只去追求和跟随社会上发生的故事，而忽视了语言方式，丧失了对细节的兴趣。所以在这样的一个时期，一些毫无节制的胡编乱造反而像噱头一样被叫好，被复制。真正的想象力是无法复制的。在故事上过分热衷于大幅度动作的，恰恰是想象力萎缩的症候，并一定会因为这种丧失而丢弃了想象力的第一环节——语言。

实质上，只有弄明白了什么是真正的文学想象力，才有真正杰出的创造。激烈的当代生活怎么会压迫文学想象力？看看另一些第三世界国家，那里就有最优秀的创作，如拉美的"文学爆炸"。

（2006年6月25日在上海大学文学圆桌会议上的发言，标题为整理时所加）